KB106957

우리들의 파리가 생각나요

우리들의 파리가 생각나요

정현주 지음

예경

사랑이란 곧 지성이다.

김향안

김 환 기

金 煥 基

KIM Whanki

화가. 한국 미술의 거장.

한국의 피카소로 불리며 2014년 한국 화가로는 경매 낙찰 총액 1위를 차지했다.

자신의 예술에 시와 노래를 담고 싶어했으며 대표작으로는 〈매화와 항아리〉,

〈어디서 무엇이 되어 다시 만나랴〉가 꼽힌다. 1913년생. 전라남도 신안군 안좌도에서 태어났다. 도쿄 니혼대학교 예술과 미술부에서 본격적인 모더니즘 운동에 참여하였다.

입체파와 미래파 등 새로운 미술 경향을 익히고 전위적 미술 운동인 추상미술을 시도했다. 1937년 귀국. 해방 후부터 전쟁 전까지 서울대학교 예술학부 미술과 교수로 있었다. 1938년작 〈론도〉는 우리나라 최초의 추상 작품 중 하나로 꼽힌다.

이후 프랑스로 떠나 파리, 니스, 브뤼셀 등에서 전시를 열며 국제적 화가로 거듭났다. 1963년 상파울루 비엔날레에 한국 대표로 참가하여 명예상을 받았다.

이후 뉴욕에 머물며 점화추상회화에 주력했다. 1970년 〈어디서 무엇이 되어 다시 만나랴〉로 제1회 한국미술대상전에서 대상을 수상했으며 왕성한 작품 활동을 하던 중 1974년 뇌출혈로 갑자기 세상을 떠나 뉴욕에 묻혔다.

김향안
金鄕岸

문필가. 화가.

1916년생. 경기여고를 졸업하고 이화여자대학교 영문과를 중퇴했다.

1944년 김환기와 결혼. 유럽에 가고 싶다는 남편의 말에 바로 프랑스어 공부를 시작, 한국전쟁으로 부산으로 피난을 떠나서도 프랑스어 책을 놓지 않았다.

남편 김환기가 "도대체 내 예술이 세계 수준으로 봤을 때 어디에 위치해 있는 건지 알 수가 있어야지."라고 하자 바로 다음 날 프랑스 영사관을 찾아가 비자를 받았고, 1955년 4월 남편보다 앞서 파리로 떠났다. 소르본, 에콜 드 루브르, 알리앙스 프랑세즈, 아카데미 그랑드 쇼미에르 등에 다니면서 미술을 공부하는 한편 서울신문 등에 〈파리 기행〉을 연재하며 문필가로도 활동했다. 직접 파리의 화랑가를 돌며 남편의 전시회를 준비, 1년 뒤 김환기가 파리에 도착했을 때는 전시준비가 거의 끝난 상태였다. 프랑스어를 전혀 못하는 데다가 생활에도 어두운 김환기 곁에서 그의 입과 귀가 되어주고 일상을 돌보았으며 무엇보다도 예술의 세계를 함께 고민하고 길을 만들어가는 동반자가 되어주었다.

남편과 사별한 후엔 환기재단을 설립하고 서울 부암동에 환기미술관을 세웠다. 2004년 뉴욕에서 영면. 남편 김환기의 묘소 옆에 안장되어 영원하기로 한 사랑의 약속을 지켰다.

Whanki & Hyangan

IN PARIS 1957

CONTENTS

우리들의 파리가 생각나요

뉴욕

다시 파리

사랑을
오래가게 하는
힘

오래가는 아름다운 사랑을 꿈꾸었습니다.

정확히 말하면 오래가도 아름다운, 시들지 않는 사랑.

더 정확히 말한다면 오래가서 더 아름다운 사랑이라는 표현이 맞겠습니다.

그러나 생의 끝까지 함께하기를 바라는 것은 소망일 뿐. 인연은 자꾸 멈추었고 길을 잃었습니다. 아름답고 견고한 것이 되기를 바랐으나 사랑은 자꾸 시들었고 사라졌습니다. 그러다가 프랑스 영화 〈아무르〉를 만났고 질문이 떠올랐어요.

'사랑을 오래가게 하는 힘은 무엇인가.

나는 그 힘을 갖기 위하여 제대로 노력하고 있는가.'

영화 속 부부는 오래 함께 살아 같이 나이 들었지만 서로를 보는 눈길은 여전히 다정했습니다. 어째서 그럴 수 있는가라는 질문에 영화는 '대화'라고 대답하는 것 같았습니다. 두 사람 사이에는 이야기가 많았어요. 아침 식탁에서 남편이 주름진 손을 아내의 손등에 얹으며 "내가 오늘 당신이 예쁘다고 말했던가?"하던 장면을 잊을 수 없습니다. 목소리가 다정했어요. 아내가 병들어 고통 속에 몸부림칠 때 남편이 했던 일은 손등을 쓰다듬으며 어릴적 이야기를 들려주는 것이었습니다. 남편의 목소리가 나지막이 흐르면 아내의 고통 또한 잠잠해졌어요. 사랑을 오래 가게 하려면 꾸준히 대화하고 경청해야 한단다, 영화는 말하는 것 같았습니다.

그리고 또 무엇이 있을까요, 사랑을 오래가게 하는 힘.
질문 속에 있을 때 김환기, 김향안 부부를 만나게 됐습니다. 두 분의 향기를 따라 파리의 거리 곳곳을 열심히도 걸었습니다. 뤽상부르 공원이며 생 제르망 데 프레의 카페들, 퐁 데 자르와 루브르. 두 분이 살던 뤼 다사스 스튜디오의 앞길은 두 분을 닮아 정갈하고 우아하기까지 하더군요. 무엇보다도 생 루이 섬을 잊을 수 없습니다.
아직 11월이었고 햇살이 좋았으며 춥지 않아서 센 강이 보이는 벤치에 앉아 책을 읽었습니다. 김향안 여사의 글이었어요. 남편이 세상을 떠나고 3년이 지난 1977년 5월 20일의 일기.
'5월의 사랑, 꿈, 아름다운 자연을 같이 나눌 사람은 하나밖에 없었던가. 한 사람이 가고 나니 5월의 이야기를 나눌 사람이 없다. 별들은 많으나 사랑할 수 있는 별은 하나밖에 없다.'

본래는 두 개의 나무로 태어났으나 나란히 서 있던 몸이 서로를 향해 자라나 결국 하나가 되어버린 연리목처럼 두 분은 살았던 것 같습니다. 만나졌고 둘이 하나가 되어 30년을 함께 자라났는데 예상도 못한 어느 날 한쪽이 사라졌으니 남은 한

쪽은 어쩌면 좋을까요. 여전히 세상에는 5월이 오고 둘이 같이 좋아하던 마로니에 나무 울창한데 "아름다운 계절이 왔어요."라고 말하면 "그러게, 참 좋은 날이네." 라고 답해줄 사람은 곁에 없으니 어쩌면 좋을까요.

눈앞의 풍경이 아름다울수록 더 슬퍼졌을텐데. 그가 좋아하던 하늘이 푸를수록 더 눈물났을텐데. 덩달아 센 강 앞에서 울고 말았습니다. 그래도 슬픔이 가시지 않아 걷다가 몽파르나스 묘지에 갔었더랬죠.

20번 묘역에 제가 찾는 두 사람이 있었습니다. 장 폴 사르트르와 시몬 드 보부아르. 두 개의 이름이 하나의 하얀 석판 위에 적혀 있었어요. 두 사람, 살아서는 서로의 자유를 존중하기 위하여 호텔 방도 따로 얻어 지냈다고 하더니 죽어서는 나란히 묻히기를 원했다고 하더군요. 고비가 많았던 두 사람인데 둘을 마지막까지 하나로 묶어준 것은 무엇이었을까요?

관계가 흔들리던 시절에 보부아르가 썼다던 편지 한 구절이 떠올랐습니다.

'그는 나의 영혼을 이해해주고 나의 지성을 발견했으며 성장시켜준 사람입니다. 그와 나누는 대화를 다른 사람과는 나눌 수가 없어요. 나는 사르트르를 떠날 수 없습니다.'

같은 맥락의 글이 김향안 여사의 책에 있었습니다.

'사랑이란 곧 지성이다.'

어리석게도 한참이나 사랑은 감정의 문제 혹은 감성의 문제라고 생각했습니다. 하지만 김환기 김향안 두 분의 향기를 따라 걷는 길 위에서 저는 알았습니다. 오래가는 아름다운 관계를 만드는 것은 지성이다, 라는 것.

많은 사람들이 소울메이트를 만나기를 원합니다. 소울메이트를 만나면 우리는 서로를 한눈에 알아볼까요? 꼭 닮은 영혼으로 태어나 말없이도 이해하고 공명하게 될까요? 만나는 순간 당장에 행복해질까요? 영원히 서로 통할까요? 두 분의 인생을 들여다보고 두 분이 걷던 길을 따라 걸으면서 소울메이트란 발견하는 것에 그치지 않고 서로를 키워가야 하는 것이구나, 그래야 인생이라는 먼 길을 함께 갈 수 있구나 느꼈습니다.

이제 참 근사한 소울메이트, 사랑으로 발견한 상대를 지성으로 성장시킨 두 사람의 이야기가 시작됩니다. 시간과 함께 낡아지지 않고 깊어지고 커지고 견고해지는 사랑을 희망한다면 끝까지 함께 해주시길.

저를 아름다운 곳으로 이끌어주신 김환기, 김향안 선생님, 도서출판 예경과 환기미술관. 비행기 티켓을 건네며 더 아름다운 곳을 향해가라고 응원해준 나의 가족. 이탈리아의 선주, 지수 부부. 그 집에 머무는 동안 부부 간의 솔직한 대화가 얼마나 위대한 힘을 갖는지 알았습니다, 고마워요. 멀리 있었지만 내가 길을 잃을 때마다 있어야 할 곳을 알려주던 혜진씨, 고마움 잊지 않을게요. 끝으로 파리의 골목골목은 물론이고, 니스, 칸, 앙티브, 생 폴 드 방스의 길들을 함께 걸어준 내 옆의 키가 컸던 사람에게 감사를 전합니다.

2015년 다시, 봄.

정현주

서울

여자의 이름은
본래
변동림이었다

두 사람이 만날 당시
여자의 이름은 변동림이었다.

친하게 지내던 시인 N이 어느 날 동림에게 말했다.
"내가 좋아하는 화가가 있는데 소개를 해주고 싶어."

며칠 뒤 N이 다시 말했다.
소개해주려던 화가가 서울에 오는데 같이
밥을 먹으면 어떻겠는가.

화가는 안좌도라는 남쪽 끝의 섬에서 온다고 했다.

두 사람은 N 시인의 집에서 처음 만났다.

화가는 키가 커다란 시골 남자였을 뿐
별다른 인상을 남기지는 못했다.

동림은 이내 화가를 잊었는데 편지가 날아왔다.

안좌섬에서 날아온 편지에는
다감한 인사가 적혀 있었다.

화가는 곧 서울에 갈 것인데
이번엔 자신이 식사를 대접하고 싶다고 썼다.

동림은 예의상 답장을 했다.
이내 섬에서 다시 편지가 왔다.
이번에는 좀 더 길었다.

게의 岸鄕

바람이차고, 볏이쩽쩽안날.
밤아스러서무어런한苦으날.
어멍을찾어들든짜서고, 나
는논사시(茶田)에가삳도
생리한오구를밟아
왔오직. 봉생최리에강라릴거울을
誌여든나는일며논穴解
喜中하라이았오

10月27日 낫
한作化 岸

아이수엄이요? 아주친구누ㅈ초출 男이시지.
은모양이오.
이겠어오
섬긔오生
의쩍ㅏ득한예
데발고람을건너
라헌

彩님에게

바람이 잘 불고 볕이 쨍쨍 나서 바깥에서 무얼 하고 싶은 날이야.
어머니는 참기름을 짜시고 나는 야채밭에 갔었어. 상추를 한 움큼 뽑아왔지. 봄 상추가 어디 가을 상추를 당할 수가 있나. 하여튼 나는 매일 먹는 궁리만 하고 있어요.
그런데 밭고랑을 건너뛰려니까 이런 고려청자의 파편이 눈에 띄겠지.
아득한 옛날 이 섬에도 생활이라는 게 있었던 모양이야.
이 수염 난 친구 누군줄 아나? 아주 호남이지?

10월 27일 한낮에 보냅니다

남자의 이름은
김환기였다

안좌섬의 화가 이름은 김환기였다.
아호는 향안鄕岸.

환기는 편지를 잘 썼다.
문장 안에 배려와 따스함이 있었다.

만난 것은 한 번 뿐이었지만
두 사람은 편지로 가까워졌다.
많은 편지들이 오고 갔다.

두 사람은 이미 마음이 꽤 통하는 사이가 되어 있었지만 다시 만나기까지는 시간이 꽤 걸렸다.

동림은 혼자 궁금해했다.
왜 그는 그토록 오래 편지만을 보내온 것일까.
왜 그는 한참이나 내 앞에 나타나지 않았던 것일까.

알고보니 환기에게도 있었다.
동림과 닮은 상처,
아픈 삶의 역사.

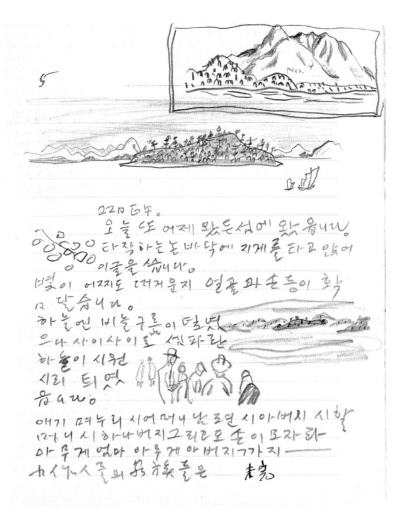

5

그리도우.

오늘 또 어제 왔든섬에 왔읍니당
타작하는 논 바닥에 지게를 타고 앉어
이글을 섭니다。
벗이 어찌도 더거운지 얼굴과 손등이 화
끈 닳습니다。
하늘엔 비늘구름이 떨엇
으나 사이사이로 섬파란
하늘이 시원
시리 되엇
읍니당。

애기 며누리 시어머니 눈로친 시아버지 시할
머니 시하나버지그리로도 손이 모자라
아무게엄마 아무게아버지가지ㅡ
자가사람들의 많하들은   초롱

오늘 또 어제 왔던 섬에 왔습니다.

타작하는 논바닥에 지게를 타고 앉아 이 글을 씁니다. 볕이 어쩌도 따가운지 얼굴과 손등 화확 달아오릅니다. 하늘엔 비늘구름이 덮였으나 사이사이로 새파란 하늘이 시원하게 트였습니다. 애기, 며느리, 시어머니, 남편, 시아버지, 시할머니, 시할아버지 그러고도 손이 모자라 아무개 엄마, 아무개 아버지까지 아홉 명의 일하는 가족들은⋯.

22일 정오

새로운 인생은
새로운 이름과 함께
시작되었다

변동림의 첫 번째 남편은 천재라 불리던 시인 이상이었다.

그들은 변동림의 조카 구본웅이 운영하던 다방 〈낙랑파라〉에서 만났다. 동림은 커피와 음악을 좋아하여 학교가 끝나면 종종 다방 구석 자리에 앉아 책을 읽었다.

〈낙랑파라〉의 단골이었던 이상은 평소 어지간한 미인을 봐도 흔들림 없이 당당했는데 이상하게도 변동림을 보는 순간 얼굴이 붉어지더니 고개를 들지 못한 채 테이블 위에 놓인 각설탕만 만지작거렸다.

이후 이상은 학교 앞이며 집 앞 골목에서 기다리다가 변동림이 나타나면 앞장서서 걸었다. 그들은 매일 만났다. 동림이 이야기를 하면 이상은 사랑에 빠진 남자가 흔히 그렇듯이 별것 아닌 말에도 크게 웃음을 터뜨리곤 했는데 어느 날은 웃음 끝에 문득 "우리 같이 죽을까?"라고 말했다. "아니면 어디 먼 데로 갈까?"라고도 했다. 사랑의 고백 대신이었다.

당시 변동림은 흔히 말하는 신여성이었다. 자신만의 분명한 의지로 움직였다. 먼 데로의 여행도 좋았고 죽는 것도 나쁘지 않다는 생각에 동림은 흔쾌히 이상을 따랐다. 둘은 자유의지에 의해 결혼했다.

결혼하고 넉 달. 식민지 현실을 힘겨워하던 이상은 〈오감도〉와 〈날개〉를 발표한 뒤 일본으로 떠났다. 동림 또한 일본에 따라가기를 원해 직장에 다니며 돈을 모으는 한편 일본 문학상에 응모하려고 열심히 글을 쓰기도 했는데 뜻밖의 소식이 전해졌다. 이상이 위독하다는 것이다.
거동수상자로 몰려 일경에게 체포되어 감옥에 갔다가 폐병이 깊어졌다고 했다. 동림은 당장에 짐을 싸서 일본으로 갔다. 마침내 만난 이상은 병들어 죽어가고 있었으나 동림은 본디 낙천적이고 긍정적인 여자였다. 나쁜 결말은 생각하지 않고 어떻게 하면 살릴 수 있을까만 고민했다. 무엇이 먹고 싶은가 물으니 이상은 "셈비끼야千疋屋. 천필옥의 메론."이라고 대답했다. 동림은 서둘러 메론을 사러 갔다. 돌아와보니 이상은 더 나빠져 있었다. 메론은 조금도 먹지 못하고 눈을 감은 채로 "향기가 좋다."고만 했다. 이것이 이상이 남긴 마지막 말이었다. 의사가 모두 다 끝났다고 말할 때까지 변동림은 이상의 손을 잡고 놓지 않았다.

변동림을 만날 때까지 김환기의 인생에도 많은 일이 있었다.

예술가적 기질을 타고 난 데다가 도전정신마저 강했으니 현실에 안주하는 법이 없었다.

김환기는 안좌도에서 태어났다.

커다란 깃발이 펄럭이며 하늘에서 내려오는 꿈이 있은 뒤 환기가 태어났다. 무지개 빛깔로 물든 깃발이었다. 안좌도는 작은 섬이었다. 환기는 소나무가 우거진 산과 푸른 바다와 하늘을 보며 자랐다. 환기의 표현에 따르면 '겨울이면 소리 없이 함박눈이 쌓이고 여름이면 한 번씩 계절풍이 지나는 섬'이었다.

미술공부를 하고 싶었지만 아버지가 가업을 이어야 한다며 반대하자 김환기는 집을 나와 일본으로 유학을 떠났다. 아버지는 어쩔 수 없이 아들의 학비를 보냈다. 김환기는 당시의 풍습대로 일찍이 결혼을 했으나 끝내 이혼을 했다. 딸아이가 셋 있었다.

시인의 소개로 만난 김환기와 변동림은 상대의 지성에 매력을 느꼈고 서로 공명하고 공감했다. 마침내 김환기가 변동림에게 "나에게 시집와 주겠냐?"고 물었을 때 변동림은 함께 아름답게 살 것을 약속했다. 결합의 모토는 '곱게 살자'는 것이었다.

하지만 쉽지 않았다. 변동림의 가족은 부모의 허락도 없이 몰래 이상과 결혼을 하더니 이번에는 아이가 딸린 남자와 재혼을 하겠다는 거냐며 반대를 하고 나섰다. 동림의 생각은 달랐다. 낳아야만 자식인가, 하나면 어떻고 둘이면 어떻고 열이면 어떤가, 데려다가 교육을 시키면 된다고 믿었다. 그래도 반대는 계속됐다. '우리 가문에서는 그 재혼을 허락할 수 없다.'고 하자 동림은 변씨 성을 버리고 남편을 따라 김씨 성을 쓰기로 한다. 새로 인생을 시작하는 김에 이름도 바꾸었다. 남편 김환기의 아호였던 '향안'을 받았다. 결혼을 통해 변동림은 김향안으로 다시 태어났다.

아호를 아내에게 주었으니 남편은 새로운 아호가 필요했다.
'수화樹話'. 나무와 이야기한다는 뜻이냐고 세상 사람들은 의미를 궁금해 했지만 굳이 정해놓은 특별한 뜻은 없었다. 그저 좋아하는 글씨들을 모아 단어로 만들었을 뿐이었다. 그는 나무와 이야기를 좋아했다.

인생의 2장이 새로운 이름과 함께 시작되었다.
아내는 남편을 '그 자신이 가장 좋아하는 것들을 모아 만든 이름'으로 불렀고, 실제로 남편의 남은 인생을 그가 꿈꾸던 좋은 것들로 채워주었다.
남편은 아내를 '한때는 자신의 것이었던 이름'으로 불렀다. 결혼 이후 세상을 떠날 때까지 김환기에게 아내 김향안은 또 다른 자신이었다.

남편은 저녁마다
아내에게
이야기가 많았다

1944년 5월 1일. 두 사람은 결혼식을 올렸다.
주례는 고희동 화가, 사회는 정지용 시인이 맡았다.
남편 수화와 아내 향안은 성북동 274-1
수향산방樹鄕山房에 보금자리를 꾸몄다.

머지않아 해방이 찾아왔으나 세상은 어수선하기만 했다.
서울대학에 미술학부가 창설되었고
남편 수화는 서울 미대의 교수가 되었는데
학교가 끝나면 친구들과 어울리며 술을 마시고는
밤이 늦어서야 집에 들어오곤 했다.
생각할 것이 많고 고민해야 하는 것이 많던 혼란한 세상이었다.

아내 향안은 그저 남편의 귀가만을 기다리는 여자는 아니었다.
책을 읽고 글도 쓰며 자신의 시간을 즐기다가
남편이 돌아오면 저녁상을 차렸다.

남편은 아무리 늦어도 집에 돌아오면 반드시 저녁상을 원했고 상 앞에 앉
아서는 많은 것을 이야기했다. 아마도 더 절실했던 것은 밥보다 대화였는
지 모른다. 수화에게 향안은 시대가 만든 울분을 나누고 같이 아파해주는
사람이었다. 막막한 현실 가운데서도 그래도 버릴 수 없는 희망을 나누며
내일을 같이 그려가는 사람이었다.

향안은 남편이 하는 말을
귀를 기울이고 마음을 기울여 잘 들었고
그가 세상을 떠난 다음 자신의 글에 이렇게 적었다.

'그 목소리가 뚝 그쳐 버리니까 이렇게 조용하다.'

세상이 텅 빈 것 같은 고요가 찾아왔다.
모든 것을 다 이야기하고 나누던
한 사람이 없어서.

믿지않겠느냐 이런 마리였어. 슈퍼마가 언제까지나는 깜빡 둘러 봤는데 新聞들 두고
보지 않더라 광고도 짓는데 참, 붉은 祖國이었어 老木이줄씨하고. 여기귀가 今数된건물을
이 밝게 뵈고 아름다운 한정일거야 Galleria 라 했 제 園에 있는데 참 좋은 商展이었어
나를 묵진히 다녀 다녀 든 어느 老 天城가 何己므로. 엇 부러 景에까지

대위라 주었어 지금 또 둘밖에 바람소리가 나는큰. 이땐 자.이는 항가라고 이득 선
Korean 도가가는 물 棹에서 快感을 느낄때도 있을거. 마치라 祖國인들
묵어다위. 2月의 밤새즈한밤. 오늘처음 극장에
가봤어. RADIO CITY MUSIC 하는대서.
이런건지 이맘어
부치면 보내로.
쓰지. 사물룩이 네리던지 있겠지.
아침 B 한테 나가서 런지 같이올때 그림 꼭 조심해요.

어쩌면 꼭 초여름 밤 같을까. 지금 밤 11시 30분. 아까 봉함엽서를 띄웠어요. 내 방문을 열면 우체통이 있어요. 홍차를 넣어 두 잔을 마시고 이런 빛깔 장난을 하는데 어디서 플루트 소리가 들려오겠지. 지금 창도 $\frac{1}{3}$ 을 열어놓았거든. 비가 뿌리는 모양이야. 나, 한 겹 입고 맨발이에요. 미도파 옆에서 네가 맞춰준 줄무늬 양복을 요새 입고 다니지. 나 여기 와서 옷에 관심이 없어요. 오늘 저녁에 〈OKATA〉 개인전을 봤는데 꼭 일본 병풍 같아요. 고대의 일본 비단 같다고 할까? 본래 서양 사람들 미술하고는 달라. 그림 그리고 싶어 죽겠어. 참 미시간 대학교 부교수에게 편지 한 번 내봐요. 대학에서 전시 한 번 하자고. 뉴욕 내 주소도 알려주고. 내가 그 사람 주소와 이름을 잊어버렸어. 나 일찍 잘까봐. 비가 아니라 진눈깨비가 내려요. 참, 꽃가게에 개나리가 피었고 버들강아지가 나왔어. 봄이지? 우리 집 뜰에는 이 봄에 무슨 싹이 먼저 나올까.

1월 31일
수첩에 빛깔을 칠하다보니 또 밤이 깊었어. 오늘 낮에 1시간 자기는 했지만. 어때? 이렇게 어떻게 해가면 될 것 같아요? 좀 달라져야겠는데. 새벽 3시에서 6시.

2월 1일
'팔지 않겠느냐.' 이런 의미였어. 전시회 기간이 언제까지인가는 깜빡 못 물어봤는데 여하튼 두고 보기로 해요. 밤이라 잘 보지 못했는데 참 넓은 정원이었어. 오래된 나무들이 즐비하고 여기저기 서 있는 건물들이 낮에 보면 아름다운 환경이겠구나 싶더군요. 갤러리는 뒷마당에 있는데 참 좋은 전시장이었어. 나를 극진히 따라다니던 어느 노부부가 자기 차로 일부러 역까지 데려다 주었어. 지금 또 창밖에 바람소리가 나는군. 이만 자야할까봐. 몸조심해요. 수화.

어느 날 아내가
구라파에
가고 싶다 말했다

수화와 향안은 매일 많은 대화를 나눴다.
각자가 알던 것은 함께 아는 것이 되었고
혼자 느낀 것은 이내 둘이 느낀 것이 되었다.
둘의 지성과 감성은 함께 있어 나날이 풍요로워졌다.

문학에 대해서는 아내 향안이 더 잘 알았고
미술에 대해서는 남편 수화가 더 잘 알았다.
둘은 자신이 아는 것을 끊임없이 공유하였으나
수화가 문학을 이해하는 것보다 향안이 미술을 이해하는 것이 더 깊었다.
향안은 부지런히 공부하는 여자였다.

어느 날 향안이 구라파에 가서 미술평론을 공부하고 싶다고 했다.

처음에 남편 수화는 아내의 소망이 그 자신을 얼마나 크고 놀랍고 아름다운 세상으로 이끌게 될지 모르는 채로 그저 말도 안 되는 소리라며 답하지 않았다. 향안은 한번 세운 뜻을 쉽게 접는 사람이 아니었으므로 자꾸자꾸 프랑스에 가자고 말하였다.

그러다 어느 하루, 수화가 술에 취해서는 "나 파리에 가야겠다. 너도 데리고 가지."라고 말을 했는데 놀랍게도 향안은 다음 날부터 프랑스어 책을 사다가 혼자 공부를 하기 시작했다. 영특하고도 야무졌던 향안은 한국전쟁이 일어나 부산으로 피난을 갔을 때도 프랑스어 책을 빼놓지 않았다. 전쟁 중에도 공부는 계속 되었다.

1953년. 드디어 전쟁이 멈추었고
그들은 3년 만에 그립던 서울로 돌아왔다.

처음엔 다시 찾은 자유가 고마웠으나 이내 폐허가 눈에 들어왔고 대단한 무력감이 밀려들었다. 3년 사이 가로수는 훌쩍 커져 있었는데 자신의 미술세계는 크지 못했음이 마음 아파서 수화는 술에 취해 아내에게 말했다.

"도대체 내 예술이 세계 수준으로 어디쯤에 위치해 있는 건지 알 수가 있어야지."

향안은 긍정적인 사람들이 흔히 그러듯 심플하게 대답하였다.

"나가봐."
어떻게 말이냐고 수화가 되묻자 향안은 이번에도 간단히 대답하였다.
"내가 먼저 나가볼게."

결단이 굳고 실행이 빠른 여자였다.
다음 날 향안은 프랑스 영사관을 찾아가 비자를 받아왔고,
2년 뒤인 1955년 혼자 파리행 비행기에 올랐다.
둘이 동시에 떠나기엔 가진 돈도 부족했거니와 절차도 복잡했다.
먼저 가서 준비를 해두겠노라며 향안은 먼저 떠났다.
그리고 다음 해, 수화 김환기가 파리에 도착했을 때 향안은 이미 전시 준비를 거의 끝낸 상태였다. 수화는 전시일이 될 때까지 그저 부지런히 그림만 완성하면 되었다.

자꾸 꿈을 꾸는 남자가 그 꿈을 현실이 되게 하는 아내를 만났다.
남자는 자꾸 큰 세상을 그렸고 아내는 그 큰 세상에 남편을 서게 했다.

함께 있음으로 해서
두 사람의 세상은 커지고 넓어졌다.
계속 꿈을 꿀 수 있었다.

김환기, 〈산과 달〉, 1950년대

愛人에게

덧문까지 꼭꼭 닫고, 화실에 화로까지 들여놓고 앉아 있으니 꼭 겨울이야. 그리고 바람결에 대문짝까지 흔들리는 소리가 꼭 겨울이야. 바깥은 우수수 바람이 마구 부는구만. 오늘 네 편지 받았지. 10월 10일에 쓴. 오늘 종일 제작했어. 이거 국전에 낼까하는데 하나는 60호의 〈하늘〉이고 한 폭은 30호에 〈산〉이야. 너 보면 좋아할 거야. 하늘은 청록색 하늘인데 희고 분홍 구름이 날고 전면에 새까만 소나무에 학이 연애하고 있어. 그리고 한쪽 가지에는 외로운 백로가 한 마리. 그저 즐거운 그림이야. 그리고 산은 화면 전체를 마구 쳐 발랐어. 삼각산인데 산과 하늘 빛깔이 한 계통이고 산의 윤곽을 흑색으로 했지. 산허리에 달이 두 개가 걸려 있어. 전체가 어두운 그린녹색 계통인데 산봉우리 하나만을 보랏빛으로 했지. 이 산은 좋은 그림이 될 것 같아. 여기서 네 편지 또 한 번 읽고.

1955년 10월 20일

諸橋———— 이 珠書 랑 사의나 줄라. 너글

1955년 멀리 파리에서 처음 성탄절을 맞이하고 있을 나의 향안에게 행복과 기쁨이 있기를 바라는 마음으로 진눈깨비 날리는 성북동 산 아래에서 으스러지도록 안아준다. 너를. 나의 사랑 동림이.

수화

원고 3장 쓰고 시간이 있어서 잠 잘 때까지 몇 자 적어요.

우스운 이야기지만 나도 미술사에 남을 화가가 될 것 같아. 꼭 그렇게 하고야 말테야. 허영이나 성공 또는 출세욕으로 하는 말이 아니야. 나도 그림이라는 방법을 통해서 창조를 하고 있는 거야. 일류는 창조를 해야 하는 것 아닌가? 더욱이 예술은 창조를 하는 일이거든. 내가 지금 하고 있는 일은 진정으로 창조인 것 같아. 내 파리에 나가서 한 번 해볼 테야.

1955년 10월 27일 밤 11시35분

술
안 먹을수도 없고
머을수도 없고——

꽃다발 膳物

봄의 파리

김환기와
김향안의 파리

그저 비행기를 탔을 뿐이고, 그저 12시간쯤 허공을 날았을 뿐인데 시간이 바뀌었습니다. 그리고 인생을 보는 눈이 조금 바뀌었죠. 그것이 김환기, 김향안 두 분이 저에게 주신 선물이었습니다.

두 분의 향기를 따라 도착한 파리는 어두웠고 공항에서 시내로 들어가는 고속도로는 붐비고 있었습니다. 서울로 치면 추석쯤 되는 프랑스 명절 연휴의 마지막 날. 가족을 만나고 파리로 돌아가는 사람들이 많아서 길이 막히는 것이었죠. 택시 안에서의 짧은 대화.

"얼마 만에 온 거예요?"
"7년 됐네요. 처음 왔을 때 파리는 제게 차가운 도시였는데 이상하게 오늘은 익숙한 기분이 들어요."

분명 달랐습니다. 공기가 더 다정했어요.
길에 온통 사랑하는 이들을 만나고 돌아오는 사람들이라서였을 수도 있겠고,
김환기 김향안 두 분의 사랑이 제 안에 스몄기 때문인지도 모르겠습니다. 떠나
기 전보다 더 파리에서의 날들이 기대되기 시작했습니다.

7년 전. 난생 처음 파리에 도착하던 날. 3월이었고 비가 오고 있었습니다.
여행이 길어진 참이었고 파리는 중간에 잠시 스치는 도시일 뿐. 지쳐 있었고 우
산도 없었으며 계획 또한 없었으므로 저는 그저 센 강을 따라 계속 걸었습니다.
이미 봄이었지만 스며드는 공기는 차가워 자꾸 등이 굽었습니다. 어깨가 아프
도록 움츠리고 있다가 지쳐서 카페에 들어갔는데 서빙하는 무슈는 나의 영어를
알아듣지 못했고 나는 그의 프랑스어를 알아듣지 못했습니다. 어색하고 불편한
가운데 혼자 마시던 카푸치노가 아직도 기억이 납니다. 기댈 따스함이라고는
그 찻잔 하나밖에 없던 오후였어요.

도망치듯 파리를 빠져나와 로마로 가던 길. 옆자리에 앉은 프랑스 할머니가 파
리에서 어떤 전시를 봤는가 물었습니다. 일정이 짧아서 아무것도 보지 못했다
고 하자 할머니는 "그렇다면 파리에는 대체 왜 갔던 것이냐. 전시를 하나도 보
지 않았다니 너는 파리에 가지 않았던 것과 같다."라며 고개를 돌렸습니다. 불
편한 침묵이었으니 파리는 저에게 냉정한 도시로 기억될 뿐이었습니다. 차갑고

길을 잃던 도시. 때문에 쉽게 다시 가지는 않았던 도시, 파리로 김환기 김향안 선생님이 저를 이끄셨습니다.

흑백 사진 속의 콩코르드 앞길이나 두 분이 살던 뤼 다사스나 생 루이. 두 분이 서 있던 자리를 찾아가 두 분이 남긴 글을 읽거나 두 분이 남긴 향기를 느끼는 동안 저는 또 수도 없이 길을 잃었죠. 그래도 걸었으며 떠났다가 다시 돌아가고, 떠났다가 다시 돌아가고, 다시 또 돌아가고. 그렇게 네 번째 파리 공항에 내렸을 때 알았습니다. 파리를 사랑하게 됐다는 것. 아침 몽소 공원을 산책하다가 문득 영화 〈Paris, Je T'aime〉에 등장하는 미국의 집배원처럼 울컥해져서는 생각했어요. 인생이란 얼마나 아름다운 것인가.

인생이 울컥울컥 아름다워지는 곳, 온 도시의 미술관에 사람들이 길게 줄을 서는 곳. 아름다운 곳을 향해 가는 사람들의 눈길과 몸짓 역시 아름다운 곳. 1956년 김향안 선생님이 남편 김환기 선생을 이끈 것이 바로 그런 곳이었습니다.

"파리라는 도시는 꼭 짜인 하나의 거대한 예술 작품이다.
그러기에 이 아름다운 파리에서 무릇 예술의 꽃이 피고
더욱이 미술의 역사가 연속 이루어진다는 것은 당연한 일인 것도 같다."

김환기. 1959. 12.

미드나잇 인 파리

자주 〈미드나잇 인 파리〉의 길을 생각했습니다.

김환기 김향안 두 분을 따라 파리의 골목골목을 걸을 때.

영화의 주인공 길은 소설가입니다.

본래는 할리우드의 성공한 시나리오 작가였지만 오래전 꿈을 따라 소설을 발표했습니다. 시나리오와는 달리 그의 소설은 세상의 인정을 받지 못했습니다.

영화는 길과 약혼녀 이네즈의 대화로 시작해요.

길은 비가 오는 파리가 좋다고 했고 이네즈는 몸이 젖는데 뭐가 좋냐고 했습니다. 길은 파리에 살고 싶다 했고 이네즈는 미국이 아닌 곳에서는 살 수 없다 했어요. 길은 파리의 다락방에서 소설을 쓰고 싶어했지만 이네즈는 말리부의 저

택에 살기를 원했고 길이 다시 할리우드로 돌아가 시나리오를 쓰길 바랐습니다. 부와 명성을 원했죠.

이네즈는 아름다운 여성이었지만 길과는 질감이 다른 영혼을 가진 여자였습니다. 조화롭게 섞일 수 없는 소재로 만들어진 두 사람이 만나 결혼을 하려는 중이었다고 하면 될까요? 여행이 길어질수록 극복할 수 없는 차이는 극명하게 드러났습니다. 파리에 도착했을 때 길은 파리에 담긴 예술혼을 느끼고 싶었습니다. 골목골목 위대한 예술가들의 흔적이 남아 있었으니까요. 그들이 밥을 먹고 작업을 했고 차를 마시던 곳에 가고 싶어했지만, 이네즈가 원하는 것은 쇼핑과 관광뿐이었습니다. 이름난 곳을 찾아가 사진을 찍고 가이드북에 나오는 지식들을 얻으면 그만이었죠. 이해나 감상에는 관심이 없었으니 길로서는 공허한 하루에 또 공허한 하루가 보태질 뿐이었습니다. 허망한 기분에 길은 혼자 파리의 거리를 산책하다가 방향 감각을 잃고 맙니다.

말은 안 통하고 호텔은 보이지 않고 지쳐서 쉬는데 자정을 알리는 종소리가 들려오더니 클래식한 차 한 대가 그의 앞에 멈췄습니다. 차 안의 사람들이 길에게 어서 올라타라고 했죠. 차는 시간을 거슬러 달렸습니다. 멈춰선 곳은 1920년대의 파리. 헤밍웨이, 피카소, 달리가 있던 시절이었죠. 길이 동경하던 시대였습니다. 존경해 마지않던 예술가들과 꿈같은 시간을 보낸 길은 밤마다 어두운 골목길을 다시 찾았고 자정이 되면 어김없이 검은 차 한 대가 그의 앞에 멈춰 섰습니다. 꿈같은 밤이 더욱 꿈결 같아진 것은 애드리아나를 만나면서부터였어요. 피카소와 헤밍웨이의 뮤즈였던 여자. 애드리아나는 예술을 사랑했고 낭만을 알았습니다. 열정을 품었고 마음을 따라 사는 법을 알았죠. 길은 애드리아나에게 깊이 빠져들었지만 이루어지지 않았어요.

현실로 돌아온 길은 약혼녀와 결별하기로 합니다. 시간여행을 통해 자신이 원하고 꿈꾸는 사랑, 자신을 만족시켜주는 사랑이 어떤 것인지 알았기 때문이었습니다. 길에게 사랑이란 아름다운 외모에 있지 않고 육체의 열정에 있지 않고 지성과 감성의 교류, 공유에 있었습니다. 좋은 자극이 되어주고 잠든 열정에 불을 붙여주는 만남, 더 크고 넓은 세계로 자신을 안내해줄 사랑을 길은 원했습니다.

약혼녀와 헤어지고 길은 혼자 파리의 거리를 걸었습니다. 셰익스피어 앤 컴퍼니 서점에 들렀다가 알렉상드르 3세 다리에 이르렀을 땐 어느새 어두워진 다음이었죠. 센 강 건너로 반짝이는 에펠탑이 보였습니다. 다리 중간에 서서 매시 정각이면 5분간 크리스마스트리처럼 반짝이는 에펠탑을 바라보고 서 있는데 경쾌한 목소리로 한 여자가 인사를 건네왔습니다. 돌아보니 낯익은 얼굴. 산책 중에 들렀던 중고 LP가게 점원 아가씨였습니다.

시간여행 중에 길은 카페에서 콜 포터가 피아노를 연주하며 노래하는 것을 무척 좋게 들었습니다. 현실로 돌아와 음반을 구하려고 했지만 찾을 수가 없었죠. 실망한 길을 위로하듯 "저도 그의 음악을 좋아해요. 음반을 꼭 구할 수 있으면 좋겠네요."라고 말하던 여자를 만난 것입니다. 파리에서 가장 아름답다는 알렉상드르 3세 다리 위에서 우연히. 에펠탑이 꿈꾸듯 반짝이고 있을 때. 수줍게 웃는 얼굴로 여자는 말했습니다.

"며칠 전에 당신을 생각했어요. 사장님이 콜 포터의 새 음반을 구하셨거든요."
"그래서 내 생각이 났다고요? 그렇게 생각나는 것도 좋은데요! 집에 가는 길이에요? 바래다줄까요? 아니면 커피라도 한 잔?"

여자가 고개를 끄덕이는데 갑자기 비가 쏟아지기 시작했습니다.
우산도 없는데 비가 오는구나, 길이 걱정을 하자 여자는 웃으며 말했습니다.
"괜찮아요. 저는 몸이 젖는 거 상관 안 해요. 그리고 사실 파리는 비가 올 때 제일 예뻐요."

길은 신기해 하면서 말했습니다. 실은 나도 늘 그렇게 말하곤 했다고.
그제야 두 사람은 서로에게 자신의 이름을 말했고 다리 너머 여자의 집이 있는 쪽으로 나란히 걸어갔습니다. 빗줄기가 제법 굵었지만 서두르지 않는 발걸음. 할 이야기가 많아 즐거운 사람들의 뒷모습이었습니다. 길이 파리로 이사를 할 거라고 하자 여자는 "분명 이곳을 좋아하게 될 거예요."라고 대답했어요. 길은 모처럼 환하게 웃었고 영화는 두 사람의 뒷모습을 오래 담았습니다.
앞으로 둘은 파리의 골목골목을 나란히 걷게 되겠죠. 비가 오는 날에도 즐겁게, 어려운 날에도 기꺼이 웃으면서. 취향이 같고 마음이 통하는 사람이 옆에 있다는 건 이렇게 즐거운 것이었습니다.

단 하루라도 영화 속으로 들어가 주인공의 삶을 대신 살아볼 수 있다면 주저 없이 〈미드나잇 인 파리〉를 고를 거라 했었는데 정말 그렇게 되었습니다. 주인공 길처럼 저는 종종 길을 잃었고 걸음을 멈춰보면 어느 예술가의 집 앞이거나 미술관이거나 혹은 영화 속의 한 장면 속에 있었습니다.

걷다가 지치면 근처 카페에 들어가서 커피 한 잔을 시켜놓고 길 가는 사람들을 구경하며 상상했어요. 생각의 끝에는 늘 두 분이 있었습니다. 1956년 처음으로 둘이 나란히 파리의 길을 걷던 날, 어땠을까요, 두 분의 마음. 어디를 가도 만나지는 예술혼에 젖어서 두 분도 길처럼 혹은 저처럼 행복했을까요. 아마도 영화의 마지막 장면처럼 두 분의 뒷모습도 즐거웠겠죠? 타오르는 열정을 이해해주고 감성과 생각을 공유할 사람이 옆에 있어서.

저는 참 좋았어요. 두 분과 같이 파리의 많은 길을 걸을 수 있어서.
다르게 보였어요, 혼자였다면 보지 못했을 것까지 볼 수 있어서
저는 참 좋았어요, 두 분을 따라가 파리에 머물 때.

1955년 4월,
향안은
봄의 파리에
도착했다

1955년 4월 20일.
김향안은 봄의 파리에 도착했다.

겨우내 앙상하던 가지에 새싹이 오르고
센 강의 강물은 덩달아 더욱 초록이던 계절.

푸른 강 위로는 하얀 유람선,
바토무슈가 조용히 오고 갔으며
강가는 사랑을 나누는 연인들로 가득했다.

아름다운 풍경을 앞에 두면

사랑하는 사람이 더욱 그리운 법이지만
향안은 외로울 틈도 없이 공부를 시작했다.
소르본과 에콜 드 루브르에서 프랑스어와 미술을 익혔다.
언어를 아는 것만으로는 충분하지 않다 여겼다.
미술을 알고 예술을 알아야 남편의 세계를 제대로 이해하는 한편
자신의 세계 또한 제대로 세울 수 있다고 생각했다.

둘이 함께 성장해야
보다 더 큰 세상으로 나갈 수 있다는 것을 향안은 알았다.

루브르에서 공부를 끝내고 나오면
바로 앞이 센 강이고
또 바로 퐁 데 자르, 예술교였다.
퐁 데 자르 위에 서면 한쪽으로는 에펠탑,
다른 한쪽으로는 노트르담이며 팡테옹, 프랑스 한림원이 보였다.
수화와 함께 꿈꾸고 동경하던 도시가 한눈에 들어왔다.
남편이 자주 상상을 하던 파리 마로니에 나무 아래를 혼자 걸으며
향안은 봄의 마로니에 꽃향기 속을 나란히 걷는 날을 꿈꾸었다.
그날이 오면 세계가 수화의 그림을 알아주기를 바라고 꿈꾸었고
무엇보다도 준비를 했다.

아내 향안이 파리에서 터전을 마련하는 동안
홍익대학교 미대 교수로 재직 중이던 수화는
평생의 안락이 보장되는 교수직을 내놓고 파리로 떠날 준비를 했다.
예술적으로 세계에서 자신이 어느 정도에 있는지 알고 싶어서였다.

수화가 파리에 내렸을 때는 새벽이었다.
비행기 안에서 수화는 아내를 만나면 안아주고 입을 맞춰주리라 생각했다.
파리에 가는 것이 아니라 고향에 가는 심정이었다.
수화에게 향안은 고향과도 같은 사람이었다.

오를리 공항에 내리자 손을 흔드는 향안이 보였다.

반가운 마음에 뛰어갔으나 아내의 곁에 일행이 있었으므로
수화는 비행기에서 생각했던 것처럼 향안을 안아주지 못했다.
대신 뺨에 짧게 입을 맞추었다.

향안이 구해놓은 숙소는 뤽상부르 공원 근처에 있었다.
도착하던 날 수화는 샴페인에 취해 공원을 걸었는데
봄의 꽃이 만발하고 호수 위로 불어가는 바람이 다정하던 날이었다.
사람들은 꽃나무 아래 앉아 한가히 책을 읽고 있었다.
잠깐의 산책만으로도 수화는 충분히 상상할 수 있었다.
아름답고 아름답고 아름다운 곳이었다.

다음 날 아침. 파리의 숙소에서 눈을 뜬 수화는
보이는 것이 모두 아름다운 것뿐이라
눈을 뜨고는 꿈을 꾸는 기분이었다.

아침은 우유와 빵으로 시작됐다.
향안이 구해놓은 아틀리에는 과분하리만치 훌륭했다.
문을 열고나서면 저만치 뤽상부르 공원이 보였는데
그리고 싶은 것으로 가득 찬 곳이었다.
수화는 자주 공원을 산책하며 그림을 그려보기로 했다.
언제 가도 공원은 사랑하는 사람들로 가득했다.

푸른 담배 고로와주를 입에 물고 천천히 걷다가
벤치에 앉아 마로니에를 바라보며 시간을 보내도 좋았다.

조금만 더 걸으면 몽파르나스에 닿을 수 있었다.
피카소와 모딜리아니가 작업을 하던 곳이라 생각하니
특별한 감동이 있었다.

책에서만 보던 카페며 서점들이 수화를 행복하게 했는데
가장 좋았던 것은 그림 재료들이었다.
보는 것만으로도 열이 내렸다.

동네 산책만으로도 충분히 파리가 좋아서
루브르나 오페라에 가는 것을 잊을 정도였다.

파리의 아틀리에

서울에서 두 사람은 성북동 산자락에 살았다.
사람들은 교통이 불편하다 했지만
수화는 그것이 가장 큰 장점이라며 웃었다.
산속의 고요와 평화가 좋았다.
아침이면 새가 와서 우는 것도 좋았다.

모두가 현대식 생활을 원할 때도 두 사람은
장작으로 때서 밥을 지으며 좋아하였다.
자주 산길을 산책했으며 꽃이 피면 같이 기뻐하였다.
취향이 닮아 두 사람은 서로가 무엇을 좋아하는지 잘 알았다.

복잡한 도시 파리 안에서도 향안은
수화가 좋아할 만한 장소를 찾아냈다.

자연이 풍성하고 고요가 머무는 곳.
뤽상부르 공원 뒤편. 뤼 다사스 90번지.

그들의 첫 번째 아틀리에가 있던 골목은
도심 한복판에 있었지만 유난히 조용하고 단정하여
향안의 성품을 닮았고, 환기의 품성에도 잘 맞았다.

대문을 열고 들어서면 소박한 정원이 있었다.
아틀리에가 위치한 2층은 빛이 좋았고
이웃 또한 알뜰하고 다정했다.

부지런한 그들의 이웃은
여름이면 뜰에 호수를 만들었고
겨울이면 모닥불을 피웠다.
부부는 이웃과 어울려 저녁과 와인을 즐겼다.
수화는 향안이 구해놓은 아틀리에가 무척 마음에 들었다.
향안은 남편을 잘 알고 헤아리는 아내였다.

협조,
사랑하는 사람이
함께 성장하는 일

향안은 '내조'라는 말 대신 '협조'가
그들 부부 사이를 더 잘 설명하는 단어라고 말했다.

당시 수화는 화가로서 매우 중요한 시기를 지나는 중이었고
그것은 인생의 길을 함께 걷는 동반자로서
향안 역시 아주 특별한 시기를 통과하고 있음을 의미했다.

본래 글 쓰는 사람이었지만 파리에 머무는 동안
향안은 문학책보다 미술책을 더 많이 읽었다.
문학가로서 자신을 세우고 싶은 마음은 잠시 뒤로 미루었다.
현명한 사람들이 흔히 그렇듯

인생의 시기별로 가장 우선시해야 하는 일이
따로 있음을 향안은 알았다.

파리에 체류하는 동안에도
향안은 서울의 몇몇 잡지에 수필을 연재하고 있었는데
원고 마감에 쫓기면서도 남편이 읽어야 할 것이 생기면
프랑스어를 모르는 남편을 위해
그것을 먼저 번역했고 보기 좋게 타이프로 정리했다.
일의 처리가 유난히 깔끔한 향안이었다.
자신의 원고는 잠자는 시간을 희생해서 써내려갔다.

사람들이 미술을 깊이 공부하는 이유를 물으면 향안은 이렇게 대답했다.

"남편이 화가인데 아내가 미술에 대해서 아무것도 모른다면
그 가정생활은 절름발이가 되지 않겠습니까?
부부란 서로 호흡을 공감하는 데서 완전히 일심동체가 되는 것입니다."

후에 향안은 미술평론에까지 글의 영역을 넓혔으니
사랑하여 했던 노력은 한 사람이
다른 한 사람을 돕는 것으로 그치지 않았다.
둘을 함께 성장하게 했다.

밤의 몽파르나스
거리를 걸으며
수화는 떠나온 곳을
생각했다

전시가 다섯 달 남은 상황이었다.

수화는 치열하게 그림을 그렸다.
거의 매일 아침 9시에 그림 앞에 서서 정신을 차리고 고개를 들면
어느새 자정이 다 되어 있곤 했다.

그림이 뜻대로 되지 않아 붓을 놓는 마음이 어지러운 밤이면
수화는 혼자서 신선한 공기를 마시러 밖으로 나갔는데
주로 걷는 곳은 몽파르나스 거리였다.

샤갈, 키슬링, 모딜리아니, 피카소.

1차 세계대전 이후 수많은 화가들이 그곳에 머물렀다.
어니스트 헤밍웨이, 에즈라 파운드 같은 문인들도 있었다.

길목마다 위대한 예술혼이 흐르는 곳,
몽파르나스 거리를 수화는 맥주에 취한 채로 걸었다.

걷다가 자정이 되면
꼭 고국의 통행금지 사이렌 소리가 들리는 것 같아
발걸음이 느려졌다.

서울에 있던 시절
사이렌 소리가 울릴 때까지 예술을 논하던 친구들이 그리웠고
두고온 고국의 현실이 새삼 아팠다.
서울은 아직도 전쟁의 상처 속에 있었다.

무거워진 마음으로 밤을 앓다가 아침이 되면 수화는
창가에서 담배를 한 대 태우고 다시 붓을 들었다.
가슴 안에 먹먹하게 자리한 조국이,
그리운 사람들이 붓끝에 담겼다.

남편에게

오후 3시 반. 오늘은 어두워서 일이 안돼요. 눈 뒤에 비가 오나봐. 못 견디게 그리워지는 시간, 약주나 받아놓고 둘이서 한잔하고 싶은 마음 간절해요. 조국이란 게, 고향이란 게 부모 핏줄 이상 가나 봐. 그 ― 조국이 한시 안 그리울 때가 없어. 그리고 우리집이 ―. 난 이상해. 서교동 우리집이 난 어떻게나 그리운지 모르겠어. 해는 저물어가고 소위 연말이라는 우울이 가득하겠지 ―.

나는 미국에서는 살고 싶지는 않아. 미국이 하나도 좋아보이지는 않아. 이 사람들의 생활도 눈꼽만치도 안 부러워. 자 어디 가서 사나? 불란서? 서울? 서울서 살고 싶다. 그 다음은 불란서. 빚만 없고 앞으로도 빚만 안 생기고 먹고 살 수 있다면 서울에서 조용히 살고 싶어. 갑자기 이런 소리 못 알아듣겠지만 밤을 새워 할 얘기지.

내 그림 참 좋아요. 내 예술과 서울과는 분리할 수 없을 것 같애.
저 정리된 단순한 구도, 저 미묘한 푸른 빛깔.
이것은 나만이 할 수 있는 세계이며, 일이야.

어두워졌어요.

1963년 12월 12일

김환기, 〈사슴〉, 1958

우리들의
파리가 생각나요

첫 번째 전시는
센 가에서
열렸다

1955년.

먼저 파리에 도착한 향안은 서울의 수화에게 편지를 적어 보냈다.

"여기 좀 와서 봐요. 여기 화가들이 얼마나 공부를 하고 있는가를."

6평짜리 좁은 작업실에서

한국의 현실을 막막해만 하던 수화는 대담했다.

"누가 모른다나. 파리를 가봐야 알 일이 아니다.

이 허송세월을 풀 길이 없다.

피카소도 여기 갖다놔 봐라. 별 도리 없으리라."

1956년 1월.

수화에게 색다른 편지가 도착했다.

이번엔 향안이 보내온 것이 아니었다.

파리의 화랑에서 보내온 〈김환기〉 개인전 초청장이었다.

1956년 10월.

센 가Rue de Seine의 베네지트 화랑에서

김환기의 첫 번째 파리 전시가 열렸다.

프랑스 유력 일간지 르몽드는

수화 김환기의 첫 번째 전시에 대해 이렇게 적었다.

"논리적이면서도 장식적으로 펼쳐진

매화들, 나는 새, 달빛은

간결하면서도 사랑스럽게 구성되었다."

전시가 열린 것은 센 가의 베네지트 화랑이었다.

화랑 주인 마담 루니아는 폴란드 출신으로
17살에 고국을 떠나 파리로 왔다고 했다.
젊은 시절에는 화가 모딜리아니와 사랑에 빠져
〈부채를 든 여인〉, 〈루니아의 초상〉 등의 모델이 되기도 했었다.

조국을 떠나온 사람으로서 마담 루니아는 수화와 향안을 이해했고
화가를 사랑했던 사람으로서 향안의 마음에 공감했다.
수화와 향안을 아들딸처럼 아끼고 보살폈다.

첫 번째 전시가 끝난 뒤에도
마담 루니아는 수시로 수화의 그림을 화랑에 진열해주었고
그 밖의 많은 일에 대해서도 기꺼이 두 사람을 도와주었다.

아틀리에를 구할 때마다 도움을 주었으며
첫 번째 전시에 이어 또 한 번의 개인전을 제안했다.

두 번째 전시는
첫 번째 전시가 끝나고 8개월 뒤인 1957년 6월.
역시 센 가의 베네지트 화랑에서 열렸다.

그리고
그들은
지중해로 떠났다

두 번째 전시가 끝나자마자 두 사람은
파리 사람들이 가장 살고 싶어 하는 곳 중에 하나
생 루이 섬으로 아틀리에를 옮겼다.

짐을 풀자마자 마담 루니아는 두 사람을 이끌고 남프랑스로 갔다.
《레베이유》라는 예술지에서 수화를 전시에 초청했기 때문이다.

남프랑스.
특별한 햇살 아래 사물이 가장 본연의 아름다운 색을 드러낸다고 해서 위
대한 화가들이 찾던 곳, 동경하던 피카소가 머물던 곳이기도 했다.
떠나는 마음, 두근거렸다.

당시로서는 세계에서 가장 빠르다는 기차를 타고
파리 리옹 역에서 출발, 놀라운 속도로 남프랑스에 가서 닿았다.

목적지인 니스에 닿은 것은 꽤 늦은 시각이었는데
9월, 파리는 이미 가을이 시작되고 있었으나 니스의 밤공기는 후끈하여
수화와 향안은 두고 온 고국의 한여름을 떠올렸다.

어둠이 깊어 바다는 보이지 않았으나
밤새 호텔 창문 너머로 파도 소리가 들려왔고
파도를 따라 설렘과 그리움이 출렁대는 가운데 밤이 지나갔다.

다음 날 아침, 두 사람은
마침내 꿈에도 그리던 바다를 만났다.
지중해는 짙은 초록이었다.

주최 측이 전시회 준비를 하는 동안 두 사람은
마담 루니아와 버스를 타고 남프랑스를 여행했다.

니스.
인공적으로 다듬어진 해안보다는 구시가지가 정겨워 좋았다.
좁은 돌층계로 이루어진 비탈진 언덕이 재미있었고

무엇보다도 사람들이 소박하여 마음에 들었다.

니스는 본래 이탈리아의 영토였는데 사람들은 물론이고
풍속 또한 프랑스보다는 이탈리아에 가까워 정겨움이 있었다.
마담 루니아는 뒷골목에 숨은 토속 식당들을 잘도 찾아내서
살라드 니이스와즈라고 부르는 니스식 샐러드와
부이야베스를 맛보게 해주었다.

이어 버스를 타고 도착한 곳은 발로리스.
피카소가 자기를 굽던 아틀리에에 들렀다.
방스에서는 마티스가 스테인드글라스로 장식한 성당을 구경했다.

남프랑스에서는 어디를 가도
위대한 화가들의 자취를 만날 수 있어 좋았다.

특별한 질감을 가진 햇살 아래 시리도록 푸른 바다.
눈앞의 모든 것이 빠짐없이 아름답던 오후.

명랑한 성격의 마담 루니아는 길을 가며
춤을 추고 노래를 불렀는데
마치 소녀처럼 사랑스러웠다.

남프랑스 여행, 김향안과 루니아

니스,
정오의
라디오 방송

개인전을 앞두고 니스 방송국에서 전화가 걸려왔다.

수화에게 라디오에 출연해서 10분간
한국의 미술가로서 이야기를 해달라고 했다.

방송 경험도 없고 준비도 안 됐으며
무엇보다 프랑스어를 할 줄 몰라 거절을 했지만 소용없었다.
결국 향안이 통역을 맡기로 하고 방송 10분 전 대기실에 도착했다.

"준비할 시간도 없고, 어쩌나."
수화는 불안해했으나 향안은 담담히 말했다.

"수화야 뭐 걱정이요. 우리말을 누가 알아 듣길래.
내가 야단났어."

1957년. 프랑스 남쪽 끝 니스에 사는 사람 중에
한국어를 아는 이가 있을 리 없었다. 수화는 어떤 말을 하든 괜찮았다.
향안이 최선을 다해 보다 적절한 대답을 보다 아름다운 프랑스어로 바꾸
어 말해줄 것이었다. 향안이 곁에 있어 수화는 걱정을 덜었고 힘이 났다.
이왕 이렇게 된 거 우리말이라도 최대한 근사하게 해봐야겠다 생각하고
방송이 시작되자 낮고 굵은 목소리로 고국의 미술과 자연에 대해 이야기
했다.

"우리 한국의 하늘은 지독히 푸릅니다. 하늘뿐이 아니라 동해바다 또한 푸
르고 맑아서 흰 수건을 적시면 푸른 물이 들 것 같은 바다입니다. 나도 이
번에 니스에 와서 지중해를 보고 어제는 배도 타봤습니다만 우리 동해바
다처럼 푸르고 맑지가 못했습니다. 우리나라 사람들은 순결을 좋아합니
다. 깨끗하고 단순한 것을 좋아합니다. 그러기에 백의민족이라 불릴 만큼
흰 빛을 사랑하고 하얀 옷을 많이 입습니다. 푸른 하늘 푸른 바다에 사는
우리들은 푸른 자기, 청자를 만들었고 간결을 사랑하고 흰 옷을 입는 우리
들은 흰 자기, 저 아름다운 백자를 만들었습니다."

방송이 끝난 뒤 바닷가로 나서자 일광욕을 나와 있던 사람들이 라디오 잘

들었다며 인사를 건네왔다. 전시장을 찾아오는 사람들도 늘었는데 하나같
이 "당신의 나랏말이 참 아름답다"고 말했다.

출렁이는 두려움을
한순간 잠들게 해주는 사람.

내가 가진 좋은 것을
세상 더 많은 사람들이 알게 해주고

나로 하여금 기꺼이 용기내서
더 아름다운 세상을 향해가게 해주는 사람.

때로는 입과 귀가 되어주고
때로는 세상을 만나는 통로가 되고
문이 되어주는 사람.

수화에게 향안은 그런 아내였다.

김환기, 〈나는 새 두 마리〉, 1962

아내는
남편이
특별한 사람이라고 믿었다

아내 향안이 파리로 떠나기 전.
수화 김환기는 《신천지新天地》에 아내에 대한 수필 한 편을 게재했다.
담백하지만 아내에 대한 사랑과 감사가 묻어나는 글이었다.

"어쩌됐든, 밉든 곱든 간에 우리들은 반생을 강아지처럼 살아왔다.
숭늉을 들고 온 아내의 손을 보면 옛날의 손이 아니다.
얼굴엔 주름살까지 보인다. 나도 작금년부터 머리가 희끗희끗해진다.
우리도 늙어가나 보다. 노부부가 그림을 그리고, 소설을 쓰고, 다소 센치해진다. 여기까지 쓰고 나서 아내에게 보였더니 퇴박을 맞았다. 왈, 범부의 담이라고.
듣고 보니 그렇기도 하다. 나는 생활에 있어서나 그림에 있어서나 아내의 비판을 정직하게 듣는다."

김환기, 〈산처기〉 중에서 《신천지》, 1952. 3.

이런 점이 아내에게 고맙고, 이런 것은 미안하다 찬찬히 적은 글이었다. 보통의 아내라면 읽고 나서 고마워해주니 고맙다, 미안해하는 것 역시도 고맙다 감동했을 테지만 향안은 달랐다.

"이런 것은 보통의 남자들이나 하는 말입니다."라고 했다.

그것이 "당신은 더 큰 사람입니다. 한낱 작은 가정의 가장이 아니라 이 땅의 위대한 미술가로 살아주세요. 더 큰 세상을 보고 세계의 한복판으로 나아갈 예술가로서 있어주세요. 당신은 남다른 사람이고 나는 당신의 특별함을 믿고 있습니다."라는 뜻이라는 것을 아마도 수화는 알았을 것이다.

"범부의 담입니다."라는 짧고 무뚝뚝한 말 속에 사실은 깊은 믿음과 뜨거운 응원이 담겨 있음을 알았으므로 "듣고 보니 그렇기도 하네."라며 고개를 끄덕였을 것이다.

사랑하여 그렇다는 것을 알고
가능성을 믿어서 그렇다는 것을 알고
사실은 존경해서라는 것을 알고
남편 수화는 귀를 기울여 정직하게 들었을 것이다.
아내 향안의 비판, 사실은 사랑의 말을.

센 가의 화랑 거리를 함께 걷던 날이었다.
수화가 화랑의 진열장 안에서 아름다운 루오의 그림을 발견했다.
1935년 작품. 명함만 한 종이에 과슈로 그린 것이었다.
보고 있으니 눈을 뗄 수가 없었다.

"저 정도면 얼마나 할까?"

수화가 곁에 서 있던 향안에게 물었다.
분명 비쌀 테지만 워낙 크기가 작으니까 혹시 가지고 있는 돈으로도
살 수 있지 않을까, 그럼 얼마까지면 괜찮을까,
나란히 그림을 들여다보며 두 사람은 이야기했다.

2백 불 정도면 괜찮을 것 같다, 아니 3백 불까지도 괜찮다,
아니 5백 불이 된다고 해도 욕심을 내보자 했을 때
수화는 향안을 보고 은밀히 웃었다.
빠듯한 살림인데도 수화의 간절함을 알아주는 것이 고마웠기 때문이다.
썩썩하게 화랑 안으로 들어가서 대뜸 루오의 그림 값을 물었다.
꼭 사고 싶은 마음에 애가 탔지만 예산의 두 배가 넘었다.

"그래도 나는 루오를 사야겠다,
그림에 비하면 그까짓 천 불은 싼 돈이다."

수화는 간절했지만 향안은 생각해보자며 말렸다.
사야겠다, 조금만 더 생각해보자, 아무래도 사야겠다,
한 번만 더 생각해보자, 욕심내고 말리기를 반복하다가
부부는 그림을 사지 못하고 화랑을 나왔다.

하지만 한눈에 반할 정도였으니 쉽게 잊힐 리가 없었다.
수화는 쉬지 않고 루오의 그림 이야기를 했다.

아쉽고 안타까운 마음은 향안도 마찬가지였지만
현실적으로 곤란함이 있었다.

두 사람은 차를 마실 때도 식사를 할 때도
자려고 침대에 누워서도 루오의 그림 이야기뿐이었다.
아무래도 잊히지 않으니 방법이 없었다.

"앞으로 굶는 한이 있더라도 그 루오를 사버리자."

두 사람은 한달음에 센 가로 달려갔으나 그림은 이미 거기 없었다.
진열장에서만 빠진 것은 아닐까, 안에 있을지도 모른다,
혹시나 하는 기대에 화랑 문을 열고 들어가보니 이미 팔렸다고 한다.
두고두고 수화는 안타까워했다.
"꼭 내 그림이 되었어야 했던 것인데 그 루오는 지금 어디에 있을까."
두고두고 향안은 미안해하였다.

종종 수화는 더 부지런히 욕심을 내지 못한 향안을 원망했지만
오직 그림에만 전념하는 남편을 대신하여 생활을 꾸려야했던 향안에게
그날의 망설임은 어쩌면 당연한 것이었다.
남편의 원망이 섭섭하고 현실이 고단하게 느껴졌을 법도 한데
향안은 화가의 아내로서 사는 일에 관해 이렇게 적었다.

"화가란 자기의 공방은 어질러 놓으면서도
아틀리에 바깥세상은 항상 미화되어 있기를 요구한다.

시각적인 온갖 것에 관심을 갖기 때문에

가족이 미처 발견하지 못한 집 안의 시각적인 흠을 먼저 발견하여

잔소리가 많다. 음식은 먼저 시각적으로 구미가 당겨야 하고

미각은 그 다음 일이라고 하니 골치가 아플 수밖에.

항상 미식을 즐기니 경제적으로 곤란한 일.

미술가는 성격이 단순한 반면에 개성이 강하므로 고집이 세다.

자기가 하고 싶은 일은 기어이 하고야 말고

남의 말을 절대로 안 듣는 고로

세속적 타협이 불가능하니 평범한 생각으로 볼 땐 손해가 많다.

쬐그만 물건은 인색하도록 아끼면서

큰 물건에 이르러서는 헤프도록 아낌없이 남에게 잘 나누어주기도 한다.

가로되 아름다움을 공감할 줄 아는 사이에는 나누어 즐겨야 한다고.

환경을 미화해주니 좋고 미식을 즐길 수 있어 좋고

그의 작품에서 나도 공감할 수 있는 아름다움을 발견할 수 있을 때
　황홀하다.”

수화는 마라톤 선수처럼
그림을 그렸고
향안은 조용했다

남프랑스 여행을 끝내고 파리에 도착하니 가을이 깊었다.
비가 잦고 스산했다.

돌아온 생 루이 섬의 아틀리에에는
'슈미네'라고 부르는 벽난로가 있었는데
수화와 향안은 호두나무며 소나무 장작을 때며
겨울의 많은 시간을 난로 앞에서 보냈다.

매일 장작 한 자루가 배달되면 수화는
상태가 좋은 것들을 골라 그림의 액자로 쓰곤 했다.
땔감이 부족할 때도 많았지만 향안에게는

무엇보다도 수화가 먼저였으므로 기꺼이 나무를 쓰게 해주었다.

벽난로에 불을 지피고 나란히 앉아 밤을 굽고 있으면
밤 익는 냄새에 어린 시절이 생각났고
서울에 있는 친구며 식구들이 생각나 마음은 곧잘 소란해졌다.
비까지 와서 그리움이 더 짙어지는 밤이면 수화는
우비를 입고 거리로 나가 코냑을 서너 잔 마시고는 센 강을 따라 걸었다.
바람이 불고 강물이 흘렀다. 비가 내리고 마음이 젖었다.
출렁대는 그리움이 잠들 때까지 수화는
걷고 또 걷다가 집으로 돌아와 젖은 몸을 말리고는
다시 그림 앞에 서곤 했다.

수화는 당시의 자신을 '마라톤 선수'에 비유하곤 했는데
마라톤을 뛰듯 긴장을 늦추지 않고 내내 그림을 그렸기 때문이다.
아침에 눈을 뜨면 당장 그림 앞으로 달려가 지난 밤 자신이 그린 그림을
이리저리 살펴보며 지우고 다시 그리고 바르고 문지르기를 반복했다. 잠
을 자면서도 그림을 생각하던 날들이었다.

아내 향안은 남편이 오직 그림에만 집중할 수 있도록 최선을 다했다. 오전
식사는 커다란 잔에 담긴 카페오레와 버터를 바른 빵으로 간단히 준비했
는데 아침 일찍부터 작업을 시작하는 남편이 식사시간을 줄여 작업에 쓰

도록 하기 위해서였다. 대신 점심과 저녁은 든든한 것으로 준비했다. 향안은 하루 두 번 장을 봤다. 오전 수업을 마치고 돌아오는 길에도, 오후 수업을 마치고 돌아오는 길에도 장에 들러 신선한 재료를 준비했다. 그림을 그리는 일에는 에너지 소모가 많았다. 살림이 아무리 빠듯해도 남편의 영양 섭취에 관해서는 아낌이 없었다. 매일 신중하게 메뉴를 골랐다. 식사 중에도 수화는 온통 그림 이야기뿐이었다. 끝없이 아내의 의견을 물었다. 향안은 솔직하게 대답했다. 최대한 귀를 기울여 듣다가 납득이 가는 지점이 있으면 수화는 당장 그림 앞으로 돌아가 아내의 의견을 반영했다.

점심을 든든히 먹고 난 뒤에 수화는 잠시 쉬는 시간을 갖곤 했는데 사실 쉰다는 것은 말 뿐이고 그림을 바라보며 생각에 잠기는 것이 대부분이었다. 향안은 음악을 골랐다. 좋은 음악이 흐르는 가운데 두 사람은 조용했다. 아내는 남편이 충분히 생각할 수 있도록 혼자 두었다. 두고, 화랑가를 돌며 부지런히 전시를 보았고 미술에 대한 지식과 안목을 넓혔다.

붓을 든 것은 수화 혼자였지만 그림에는 함께인 생각이 담길 때가 많았다.
대화가 뜨거울 때는 물론 말이 없을 때조차 그들은 소통하고 있었고
따로 있는 순간에는 같은 것, 그림을 생각했다.
교감은 깊고 풍부했으며 쉼이 없었다.

김환기, 〈항아리〉, 1958

두 사람은
함께 같은 것을
좋아했다

수화와 향안에게는 함께 좋아하는 것들이 많았다.
서울에 있을 때, 수화는 백자 항아리를 수집했다.

작업실이며 집 안은 물론 뜰에도 가득 백자였는데
특히 달이 밝은 밤 달빛 아래 백자를
내다놓고 보는 것을 좋아했다.

"보는 각도에 따라 꽃나무를 배경으로 삼는 수도 있고 하늘을 배경으로 삼은 때도 있다. 몸이 둥근 데다 굽이 아가리보다 좁기 때문에 놓여 있는 것 같지가 않고 공중에 둥실 떠 있는 것 같다. 희고 맑은 살에 구름이 떠가도 그늘이 지고 시시각각 태양의 농도에 따라 청백자 항아리는 미묘한 변화를 창조한다. 칠야삼경에도 뜰에 나서

면 허연 항아리가 엄연하여 마음이 든든하고 더욱이 달밤일 때면 항아리가 흡수하
는 월광으로 인해 온통 내 뜰에 달이 꽉 차는 것 같기도 하다. 억수로 쏟아지는 빗속
에서도 항아리는 더욱 싱싱해지고 이슬에 젖은 청백자 살결에는 그대로 무지개가
서린다."

김환기, 〈청백자 항아리〉, 1955. 5.

향안 역시 항아리를 애호하여 살림이 어려운 때에도
남편이 새 항아리를 사오면 나무라지 않았다.

오히려 항아리의 아름다움을 청송하고
아이처럼 좋아하는 남편 곁에 서서
집 안 어디에 두고 보면 가장 좋을까 같이 고민하였다.

한국전쟁이 일어나 부산으로 피난을 떠날 당시
향안이 가장 아쉬워하고 아까워했던 것도 항아리를 두고 가는 일이었다.
뚜껑을 닫아두면 혹시나 보존을 할 수 있지 않을까 해서
항아리를 우물 깊은 곳에 던져 넣었는데
깨지는 소리가 들릴 때면 가슴이 무너져 내리는 것 같았다.
전쟁이 끝나고 돌아와보니 마당에는 깨진 항아리들이 나뒹굴고 있었다.
수화와 향안은 같은 마음으로 아파하고 아쉬워했다.

민예품 또한 두 사람이 같이 좋아하여 수집하던 물건이었다.
오래된 식기며 나무 소반 같은 것을 집에 들이고
아침저녁으로 부지런히 닦았다.

두 사람에게 민예품이란 만드는 사람 손에서 끝나는 것이 아니라
사용하는 사람이 함께 만들어가는 것이었다.
손때가 묻어져 낡아지는 것이 아니라 시간과 함께 더 빛이 나는 것이었다.
혹 모난 곳이 있으면 두 사람은 매일 닦고 또 닦아
시간과 함께 닳아져 부드럽게 만들었다.
그것은 두 사람이 사랑하는 방식이기도 했다.
시간과 함께 깊어져갔다.

두 사람은 같은 마음으로
생 루이 섬의 아틀리에를 좋아하였다.

생 루이 섬은 복잡한 파리 한복판에 있지만
조용하고 단아해서 두 사람의 성정에 잘 맞았다.
향안은 탁한 센 강마저 생 루이 앞에서는 맑아지는 것 같다고 했다.
그들이 살던 아파르트망은 섬의 끝 부분에 있었는데
현관을 나서 돌아서면 화가 도미에가 10년을 넘게 살던 집이 있었다.
머지않은 곳에는 루소의 집, 샤갈의 아틀리에도 있었다.

로댕의 연인, 카미유 클로델도 생 루이 섬에 살았다. 골목골목에서 위대한
예술가들의 뜨거운 예술혼이 느껴졌다.

두 사람은 생 루이 섬이 가진 조용한 아침의 평화를 사랑했다.
이른 아침 성당의 종소리에 잠이 깨서 창문을 열고 밖을 보면
새벽 안개 속에 가로등 불빛이 빛났다.
어둡고 안개 낀 골목길에 빵과 우유를 사러 가는 사람들이 보였다.
발걸음마저 조용했다.

그들이 특히 좋아한 것은 생 루이의 소박함이었다.

"사실 여기 사람들은 파리 사람들과는 확연히 다르게 인심이 소박하고 온 동네가 모
두 일가친척인 것처럼 언제나 즐겁고 명랑하게들 살았다. 또 일요일이면 으레 거리
의 악사들이 골목을 찾아든다. 골목 어귀에서부터 목을 길게 빼고 샹송-그것도 오
래된 옛날 것-을 부르며 찾아들면 창마다 사람들이 내다보다가 종이에 동전을 싸서
던진다. 길 가던 사람들은 아이든 어른이든 자기가 선 부근에 떨어진 것을 주워서
샹소니에게 준다. 어떤 때는 두셋이 작단을 해서 비올롱[바이올린]이나 아코디옹[아코디
언]을 뜯기도 하는데 이러한 분위기가 다시 없이 섬을 평화롭고 낭만한 것으로 만들
었다."

김향안, 〈생 루이 섬의 풍속〉, 1960.

생 루이 섬에 살던 무렵, 향안이 특히 좋아했던 것은 살가운 상점의 주인

들이었는데 오리지널한 맛을 내기 위해 파리 시내라면 기계로 할 일들도 직접 손으로 했다. 살아가는 일의 많은 면에 야무졌던 향안은 원칙을 존중하는 생 루이의 사람들이 마음에 들었다.

수화가 특히 좋아했던 것은 생 루이에서의 저녁 산책이었다. 하루 종일 집 안에서 그림과 씨름을 하다가 해가 질 무렵 신선한 공기를 마시러 밖으로 나갔다. 향안과 낮은 목소리로 두런두런 이야기를 나누며 골목들을 걷다가 마로니에 나무 아래 멈춰 마롱을 주워서는 집으로 돌아오곤 했다. 돌아와 다시 그림을 그렸고 향안은 저녁을 준비했다.

붓을 놓고 나면 자정이 넘어 있을 때가 많았다. 잠들기 전 아내와 이야기를 나누고 있노라면 벽난로 불 속에서 마롱이 구워지며 탁탁 소리를 냈다. 밤은 대개 평화롭고 다정하였다.

파리 시절은 물론이고 서울에서도 뉴욕에서도 두 사람의 대화에는 피카소가 자주 등장했다. 피카소는 부부가 특별히 좋아한 화가였다.

"피카소의 존재가 나를 고무시켰고 내 일에 박차를 가해줬고
오늘 의연히 그와 대립하여 의욕을 품게 되는 것은
그가 이끄는 힘이라고 할 수밖에 없다."

김환기, 〈피카소와 돋보기〉, 1962. 11.

부부는 그림뿐만 아니라 피카소의 열정이 좋았다. 여든이 넘은 나이에도 계속 전진해나가고 있는 것이 좋았다. 수화는 피카소가 있어 미술가들이 보다 자유롭게 표현을 할 수 있게 되었고 더 많은 사람들이 미술을 보는 법을 알게 되었다 여겼다. 그림 앞에 서는 피카소의 태도 역시 좋았다. 어느 날 수화는 나이 든 피카소가 벌거숭이로 춤을 추는 사진을 보았다. 피카소는 매일 아침 한바탕 신나게 춤을 추고나서야 그림을 시작하곤 했는데 일을 즐겁게 하기 위해서라고 했다. 수화의 눈에 춤추는 피카소의 모습은 마치 그의 그림에 등장하는 투우소처럼 보였다. 투쟁의 몸짓 같았던 것이다. 투쟁하듯 치열하게 그림을 그리고 있던 당시의 수화에게는 피카소의 열정적인 몸짓이 특별한 울림으로 다가왔다.

두고두고 생애 가장 아름답던 순간이라 추억했던 생 루이 섬 시절에도 수화는 전쟁터에서의 자신을 잊지 않았다. 부산에서는 마땅한 작업실을 구할 수 없었으나 그림을 그리고픈 욕망을 누를 수가 없어 한여름 좁고 낮은 다락방에서 땀을 뻘뻘 흘리며 그림을 그렸다. 유난히 키가 컸던 수화로서는 허리조차 펼 수 없어 숨이 턱턱 막혔으나 멈추지 않았다.
전쟁 중이라 그림을 팔아서 돈을 만들 수도 없는데도 그저 그리고만 싶어서 계속 붓을 잡았다. 그러다 우여곡절 끝에 꿈꾸던 파리에 도착하고 보니 간절함은 더 커졌다. '죽느냐 사느냐 하는 심경으로 날이면 날마다 붓을 들어왔다. 앞이 캄캄해서 지척이 안 보이는 절벽에서 서서 붓을 드는 심경'이라고 일기에 적었다.

피카소는 조국을 떠나 그림을 그리는 자로서도 수화와 향안에게 영향을 미쳤다. 피카소는 23세 이후 조국 스페인을 떠나 파리에 머물며 그림을 그렸지만 조국의 현실을 잊지 않았다. 스페인 내전 당시에는 애끓는 마음을 담아 〈게르니카〉라는 대작을 완성했다. 조국을 가슴 한가운데 두고 그림을 그려야한다는 것을 수화는 알았다.

파리에서는 서울보다 쉽게 피카소의 소식을 접할 수 있었다.
향안은 신문이나 잡지를 읽다가 피카소에 관한 기사를 발견하면 즉시 수화에게 번역을 해주었다. 파리의 라디오에는 유명 화가나 작가가 곧잘 출연하여 자신의 이야기를 들려주곤 했는데 피카소가 출연하던 날, 부부는 라디오 앞에 나란히 앉아 그의 육성을 들었다. 향안이 통역을 해주면 수화는 고개를 끄덕이며 귀를 기울여 들었다.

같은 것을 좋아하고 관심을 기울이며 함께 토론하고 이해를 나누는 시간이 두 사람을 점점 더 단단하게 묶어 주었다. 관계는 날이 갈수록 깊어지고 빛이 났다. 시간이 흐르며 아름답게 길이 들어 더 좋은 것이 되던 두 사람 곁의 오래된 물건들처럼.

김환기, 〈항아리〉, 1956

향안에게

무슨 노래일까. 어디서 꼭 〈봉선화〉 같은 노래가 들려오네.
9시 반에 눈을 붙였다가 다시 일어나서 빛깔 장난을 하고 있지.
지금은 새벽 1시. 이 깊은 밤에 어디서 또 피아노 소리가 들려오네.
잘은 모르지만 보통 이상인 것 같아.

4일 밤 새로 1시 반.
오늘은 거지 같은 그림을 보러 다니느라고 무척 걸었어.
구겐하임 Soulage.

오, 오늘의 미술이여. 수화.

1964년 2월 3일 밤. 초저녁

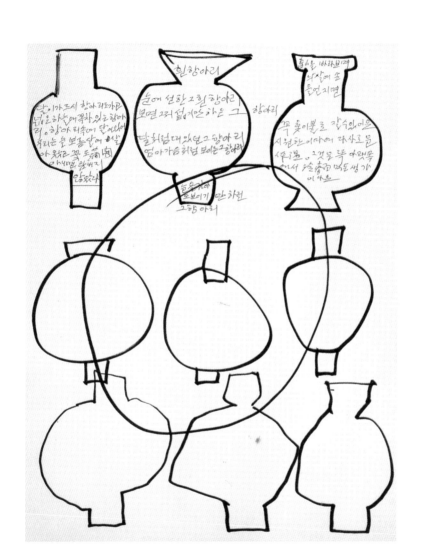

마담 루니아의 도움으로 다시 아틀리에를 옮겼다.
향안이 수화를 위해 조금 더 좋은 빛과 더 넓은 벽면을 원했다.

세 번째 아틀리에는 서민적인 거리인 뤼 뒤또에 있었다.

파리 시내의 집세가 계속 오르던 시절이었다.
뤼 뒤또 주변에는 시내의 집세를 감당하지 못해 이사를 온
예술가들의 아틀리에가 많았다.

대부분 단층이라 산책을 하다보면
창문 너머로 가난한 예술가들이 부지런히 일하는 모습이 보였다.

수화에게도 향안에게도 자극이 되었다.
뒤또 거리가 끝나면 활기에 거리가 시작됐다.
모딜리아니, 수틴, 사르몽 등이 살던 곳이었다.
위대한 예술가들에게도 가난한 시절이 있었다는 사실이 힘이 되었다.

북쪽 창문을 열면 멀리는 개선문이 보이고
더 가까이로는 에펠탑이 보였다.

몽파르나스 기차역이 바로 근처라
길에 나서면 온통 여행객들이었다.
공기 중에 노스탈지, 향수가 녹아 있었다.

아틀리에를 빌려준 사람은 마담 루니아와 같은 폴란드 망명객이었는데
만날 때마다 고국에 돌아갈 수 없는 슬픔에 관해 말했다.
때문에 수화도 향안도 더 자주 고향을 생각했다.

이사를 하고 보니 아틀리에 곳곳에
앞서 살던 건축학도의 흔적이 남아 있었다.
망명객 2세로 고민이 많아 스스로를 괴롭히는 시간이 많았고
결국 비참한 모습으로 세상을 떠났다고 하더니
집안 곳곳에서 생활의 질서가 무너졌던 모습이 보였다.

한편에는 정신이 맑았을 때 그렸던 것 같은 건축설계도들이 놓여 있었다.
수화와 향안은 에트랑제 즉 이방인의 고독에 관해 생각했다.

흔들리지 말아야 한다,
흔들리지 않게 해줘야 한다.

고독을 이기기 위해 더 열심히 그려야 한다,
더 열심히 그릴 수 있게 해주자.

향안은 여러 날에 걸쳐 손수 아틀리에의 구석구석을 깔끔하게 치웠다.
잘 정리된 환경 속에서 수화는 온전히 그림에 집중하고 집중했다.

숨 쉴 때마다 가슴에 차오르는 노스탤지 덕에 그는
자기의 가장 한가운데 무엇이 있는지, 있어야 하는지를
또렷하게 알게 됐다.

"나는 동양 사람이요, 한국 사람이다. 내가 아무리 비약하고 변모하더라도 내 이상
의 것을 할 수는 없다. 내 그림은 동양 사람의 그림일 수밖에 없다.(…) 세계적이려
면 가장 민족적이어야 하지 않을까? 예술이란 강력한 민족의 노래인 것 같다. 나는
우리나라를 떠나 봄으로써 더 많은 우리나라를 알았고 그것을 표현했으며 또 생각
했다. 파리라는 국제 경기장에 나서니 우리 하늘이 역력히 보였고 우리의 노래가 강

력히 들려왔다. 우리는 우리 것을 들고 나갈 수밖에 없다. 우리 것이 아닌 그것은 틀림없이 모방이 아니면 복사에 지나지 않을 것이다."

김환기, 〈편편상片片想〉, 1957. 1.

이방인의 향수와 고독. 누군가는 그로 인해 무릎이 꺾였지만
수화에게는 오히려 힘이 되었다.

그리운 고향, 그리운 사람들,
그리운 한국의 하늘과 바다,
그리고 우리다운 모든 것.
그것이 자신이 하고 싶은 이야기이며
해야 할 이야기라는 것을 알았다.

한국적인 것을 가운데에 두고 파리에서 익힌
세계적인 감각을 더해야 한다는 것을 알았다.

마음에 울리는 우리의 노래,
우리의 하늘을 마지막까지 꼭 쥐고 나아갔다.
놓지 않았다.

생 루이 섬의
초록 치마

파리에 도착한 것은 11월이 막 시작되던 때였습니다.
하늘은 자꾸 회색이었고 비는 그칠 줄을 몰랐으니 중간중간 문득 해가 나는 날
이면 마음이 들떠 어디로든 걷지 않고는 배길 수가 없었습니다.

유난히 자주 갔던 곳은 생 루이 섬.
두 분이 살던 곳이기도 했지만 개인적인 취향으로 참 좋았습니다. 풍경도 아름
다웠지만 무엇보다도 섬이 품은 고요가 특히 마음에 들었습니다. 섬의 둘레를
따라 걷다보면 한눈에 들어오는 노트르담의 뒷모습도 좋았고 이상하게도 로댕
의 연인, 카미유 클로델의 집 앞을 지날 때면 발걸음이 멈춰지기도 했습니다.
두 분이 사실 때와는 많이 달라졌겠지만 골목 안의 정육점이며 초콜릿 가게도
알뜰하고 기품 있어 좋았습니다.

어느 날엔 파이프 오르간 소리에 이끌려 홀린 듯 성당 안으로 들어가기도 했습니다. 여행자의 지친 다리를 쉬기에 성당은 참 좋은 곳이었습니다. 작은 의자에 앉아 연주를 듣고 있자니 괜히 눈가가 뜨거워지기도 했습니다. 어쩌다가 흘러흘러 너는 여기까지 왔는가, 소리 없는 목소리로 누가 묻는 것 같았습니다. 두 분은 어땠을까. 생 루이 성당에서 아침저녁으로 울려 퍼지는 종소리를 들으며 두 분도 나는 어쩌다가 여기까지 왔는가 하고 멀리 두고 온 사람들을 그리워도 했을까요.

어디를 가도 자꾸 두 분이 있던 파리의 길들.
특히 잊지 못할 것은 생 루이 섬에서 만난 초록 치마의 여인이었습니다.

섬의 끝쪽이었어요. 아이들이 다니는 학교와 성당 사이. 이쯤에 두 분이 살던 아파르트망이 있었겠구나 발걸음이 느려지던 중이었는데 초록색 플레어스커트를 입은 여인이 경쾌한 걸음으로 길을 건너더니 제가 바라보던 대문 앞에 섰습니다. 파리의 집들이 대개 그렇듯 커다랗고 낡았지만 기품이 있는 나무 대문이었어요. 여인은 문을 열다 말고 저를 보았고 눈이 마주치자 환하게 웃으며 인사말을 건넸습니다. 하얗게 세어 은발이었지만 웃을 땐 마치 스무 살 처녀 같았죠. 짧게 인사를 건네고는 여인은 이내 대문 안쪽으로 사라져버렸습니다만 이상한 일이에요. 깔끔하게 펄럭이던 초록의 치마와 정갈하고 눈부시던 미소가 그날의 노랗던 오후 4시쯤의 햇살과 더불어 두고두고 또렷이 기억납니다.
순간 생각했었죠.

생 루이 섬에 살던 시절, 남편이 좋아하는 것들을 사서 장바구니를 채우고는 집으로 돌아올 때. 김향안 여사도 저런 모습 아니었을까. 사랑하는 사람에게로 향하는 발걸음 경쾌하여 즐겨 입던 플레어스커트, 즐겁게 찰랑거리지 않았을까.

상상하니 마냥 예뻐서 참 좋았어요, 두 분을 알게 된 것이.

오래가며 깊어지고 함께 성장하는 사랑.
한낱 어리고 어리석은 꿈이라며 핀잔주는 사람들도 있었는데 실제로 있었고, 있을 수 있다는 걸 알게 해주셔서 고마웠어요. 파리의 골목골목 두 분이 있던 곳을 지날 때마다 참 좋았어요. 두 분의 사랑이 두고두고 고왔던 거, 괜히 제가 다 고마웠어요.

파리의 도서관,
그리고 그들이 정말로
거기 있었다는 실감

'우리는 모두 연결되어 있고 기적은 가까운 곳에 있다. 우리가 함께 있다면.' 파리에서 적은 일기 중에 하나입니다. 힌트라든가 도움은 뜻하지 않은 곳에서 불쑥 찾아오곤 했습니다. 놀랍게도 꼭 필요할 때는 거의 모두.

1956년과 1957년. 두 차례에 걸쳐 〈김환기〉전이 열렸던 곳. 베네지트 화랑. 전시 포스터 안에 적힌 주소를 따라 센 가 20번지를 찾아갔습니다. 오프닝 날, 화랑 문 앞에 전시 포스터를 붙여놓고 두 분이 나란히 서서 찍은 사진을 저는 좋아했어요. 화랑을 찾으면 화랑의 주인이랑 이야기도 해보아야지, 어쩌면 두 분에 관한 기억이나 기록을 만날 수 있을 지도 모른다 기대를 했었는데 도착해 보니 분명 주소는 맞는데 다른 이름이었습니다. 게다가 문도 닫혀 있었죠. 괜히 전시장 앞의 두 분 사진을 펼쳐보고 또 보다가 소득 없이 돌아왔는데 점심

약속이 있어서 만난 자리였어요. 키가 큰 그는 말했습니다.

"스웨덴 친구가 하나 올 거예요. 같이 식사해도 괜찮겠죠?"

그랬는데 생각지도 못한 도움을 받게 됐어요. 저로서는 고맙고 신기한 일이었죠. 짧게 인사와 소개를 나누고 파리에 온 이유를 묻길래 김환기 김향안 부부에 대해 이야기했더니 파리의 갤러리에서 일한 적이 있다고 하더군요. 전시 포스터를 보여주었는데

"아! 베네지트 화랑이군요. 작지만 영향력을 가진 곳이었는데 지금은 주인이 바뀌었어요."

"당시의 주인은 우루과이로 갔다고 두 분의 글에서 읽었어요. 하지만 화랑이 그대로 있으면 안에도 들어가보고 혹시 두 분의 전시기록 같은 걸 볼 수 있을까 했는데."

"도서관에 가면 베네지트 화랑의 전시도록들을 볼 수 있을 거예요. 내용이 좋아서 미술공부하는 사람들에겐 중요한 자료예요. 도서관 이름과 주소를 알려줄게요."

또박또박한 글씨로 도서관 두 곳의 이름과 주소가 적혔습니다. 아마도 그를 만나지 못했다면 알지 못했을, 순전히 우연을 빌어 알게 된 그곳을 찾아갔습니다.

먼저 간 곳은 Bibliothèque Les Arts Décoratifs.

문을 열고 들어서는 순간 커다란 창문이 가장 먼저 눈에 들어왔습니다. 창문 너

머로 루브르의 마당이 보였죠. 이곳으로 미술공부를 하러 다녔을 김향안 여사가 느껴졌어요. 오래된 예술서적이 많은 곳이라고 하더니 다치지 않도록 잘 감싸진 책들이 벽면에 가지런히 정리가 되어 있었습니다. 공기 중에는 깨끗한 고요가 흐르고 있었죠. 우리는 사서에게 찾아온 이유를 말했습니다. 금발의 사서는 컴퓨터로 검색을 해보더니 나지막한 목소리로 이야기했습니다.

"그 책은 오늘 여기서는 구할 수가 없어요. 신청을 해서 며칠을 기다려야 해요. 혹시 다른 도서관에 있는지 알아봐줄까요?"

손바닥만 한 쪽지 위에 적힌 또 하나의 도서관은 Institut National d'Histoire de l'Art[INHA]. 입구에 서서 작은 창문 너머로 책이 있는 풍경을 보았을 때 우리는 동시에 "아름답다"고 말했습니다. 저절로 그렇게 말하게 되었죠. 스테인드글라스로 장식된 둥근 천장은 아찔할 만큼 높았고 바로 그 아래까지 벽면에 가득한 책들은 질서정연했으며 색이 좋은 나무 책상 위에는 초록의 스탠드. 너무나 아름다운 것을 보면 현실감이 사라질 때가 있는데 바로 그 순간이 그랬습니다. 사서는 역시나 친절했어요. 오늘은 우리 도서관에서도 그 책을 볼 수 없지만 3일 뒤에 오면 볼 수 있게 해놓겠다 하더군요. 그때면 한국으로 돌아간 뒤라고 하니까 무척 안타까워 하더니 "하지만 책을 사진으로 찍어도 되니까 친구가 대신 하면 어떤가요?"하더군요. 며칠 뒤 정말로 사진이 날아왔습니다. 도서관에 같이 갔던 지인이 도록을 대여하여 한 장 한 장 일일이 사진으로 찍어서 보내주었어요. 김환기 파리 전시의 기록이며 그림 설명이 프랑스어와 영어로 담겨 있었죠. 어느 때보다도 분명한 실감이 찾아왔습니다. 두 분이 거기 있었다는 실감. 60년쯤이나 지나버려서 가는 곳마다 그저 혼자 상상하고 그려볼 뿐이었는데 '정말 거기 계셨구나. 내가 있던 그곳에 있고, 내가 걷던 그 길을 걷고 그 공기를 마시며 알뜰히 살고 사랑하셨겠구나.' 확연하게 느껴졌습니다.

참 고마웠어요, 파리의 INHA 도서관에서 날아온 〈김환기〉전 도록의 사진을 보면서. 그것은 저 혼자서는 만날 수 없었을 감동. 오래전에 두 분이 계셨고 지금 우리가 함께 있어 비로소 가능한 일이었으니까요.

도서관에 다녀오던 날 밤. 일기장에는 이런 말을 적었습니다.
어쩌면 파리의 길 위에서 김환기 김향안 부부도 같은 마음 아니었을까 생각하면서.

'용기를 내어 떠나기를 잘했다.
아름다운 길 위에 아름다운 우연들이 하나씩 보태져 더욱 아름다운 곳에 이르고 있다.'

앙티브의
피카소 미술관

어쩌다보니 저 역시 그곳에 있었습니다.
니스 – 생 폴 드 방스 – 앙티브.

차를 몰고 고속도로를 달려 이탈리아와 프랑스 사이 국경을 넘던 순간을 기억
합니다. 그 국경은 정말이지 선 하나 그어지지 않은 아무것도 아니었습니다. 하
지만 넘고 나니 많은 것이 달라졌습니다.

휘어진 길 하나를 돌아섰을 뿐인데 문득 놀랍도록 푸른 에메랄드 빛의 바다가 펼
쳐졌고 바다 앞 절벽의 하얀 집들은 꿈에 보는 것 같았습니다. 그 위로 쏟아지는
오후의 햇살은 카뮈의 《이방인》에서 그랬던 것처럼 그야말로 눈이 멀 것 같았습
니다. 눈이 부신 탓에 주변의 차들이 일제히 속도를 줄였습니다.

아름답고 아름답고 아름다운 것을 보면 눈물이 난다는 말을 실감할 수 있던 오후.

남프랑스 여행은 계획한 것이 아니었습니다.
두 분을 따라 파리의 많은 곳을 걸었고 현명하게 성장해간 사랑의 장면장면이
제 안에 담겼습니다. 이쯤하면 됐다, 이제는 써야한다 느껴 파리를 떠나 이탈
리아 밀라노 근처의 조용한 도시, 베르가모에 머물렀는데 어쩌다보니 남프랑
스였습니다. 니스로의 초대. 집필 일정이 빠듯해서 망설였지만 김향안 여사가
적어 남긴 〈남불 기행〉이 눈에 밟혔습니다. 그리하여 마음에 그어진 선 하나를
넘었는데 놀랍도록 아름다운 장면들이 제 앞에 펼쳐졌습니다.

머물던 곳, 무장은 피카소가 생의 마지막을 보낸 곳이었습니다.
첫 아침. 문을 열고나서는 생전 처음 보는 노란 햇살 아래 보이는 모든 것이 아
름다웠습니다.

니스는 두 분이 적어놓은 그대로였어요. 구시가지가 더 좋았습니다.
칸도 별다른 감흥을 주지 못했습니다. 향안 여사의 마음과 같았습니다.

유난히 좋았던 것은 앙티브였습니다.
니스와 칸의 바다가 초록에 가까웠다면 앙티브의 지중해는 유난히 파란색이었
어요. 그 바다 앞에 피카소 미술관이 있었습니다. 본래는 그리말디 성이었죠.
2차 세계대전 당시 전쟁을 피해 앙티브로 내려온 피카소가 마땅한 작업실을 찾

지 못해 애를 먹고 있다는 소식을 듣고 성의 주인이 아틀리에로 쓰라며 성을 빌려주었다고 해요. 덕분에 피카소는 마음껏 그림을 그릴 수 있었고 감사의 표시로 작품을 기증하여 미술관이 되었다고 합니다. 성 안에 걸린 피카소의 흔적들은 한결같이 인상적이었습니다만 미술관 창밖으로 보이는 바다며 햇살 또한 놀랍도록 아름다웠습니다. 역시나 아름답고 아름답고 아름다워 슬픈 기분이 들 정도였죠.

이런 생각이 들기도 했어요.

이런 곳에 머물렀다면 어땠을까.
이토록 아름다운 곳에서 다른 걱정 따위는 없이 즐겁게 그림만 그릴 수 있었다면.

어땠을까요. 김환기 김향안 두 분은.

전쟁이 멈추고 불과 2년 반.
아직은 아시아의 슬픈 땅이었던 한반도를 떠나 지중해 앞에 섰을 때.
성 하나 모두를 작업실로 썼다는 피카소 이야기를 들었을 때.

어땠을까요, 두 분은.

이토록 아름다운 곳을 보다니 나의 삶에 기적이 일어났구나 느꼈을까요.

아니면 유럽의 화가들은 이토록 평화롭고 아름다운 곳, 특별한 햇살 아래 머물며 찬란한 그림을 남기는 동안 나는 전쟁의 포화 속에서 길을 잃은 채 막막한 회색의 날들을 살았구나, 아팠을까요. 눈앞에 보이는 모든 것이 아름다워 오히려 자기 안의 슬픔이 더 또렷해지지는 않았을까요.

두 분의 마음을 상상하며 걷는 길.
꿈결 같다가 아프다가 따스하다가 등이 시린 채로 시간은 흘렀습니다.

그랑 팔레,
파리 포토와
호쿠사이

"지금 파리는 사진 주간이에요."

영화를 보러 가던 길이었습니다. 퐁피두센터 앞의 영화관에서 자비에 돌란의
작품이 상영 중이었죠. 우리는 마레에서 만나 퐁피두까지 걸었습니다. 하루하
루 밤이 눈에 띄게 길어지던 11월이었어요.

이미 어둠이 깊은데 갤러리 앞에는 사람이 많았습니다. 길게 줄을 선 사람들 곁
을 지나며 그가 이야기해주었습니다. 해마다 이맘때가 되면 사진 전시들이 열
리는데 세계 각국의 사람들이 보러 옵니다. 그리고 다음 날엔 이런 메시지를 보
내왔어요.

"오늘 파리 포토 시작하는 날이에요. 놓치지 말고 꼭 보도록 해요."

PARIS PHOTO 2014.
파리에 도착해서 가장 먼저 보았던 전시였습니다.
세계 최대 규모의 사진 아트 전문 페어.

아름답고도 거대한 미술관 그랑 팔레 안에 촘촘히 부스들이 세워지고
수많은 나라에서 도착한 사진들이 빼곡하게 걸렸습니다. 겨우 나흘 간의 행사
였는데 관람객은 6만 명. 겨울이었지만 실내는 땀이 흐를 정도였습니다. 보다
가 지치면 계단에 앉아 쉬다가 다시 또 보고, 그러다 또 지치면 바에 앉아 커피
를 마시고 요기를 한 뒤에 또 보고. 3시간을 돌았지만 끝이 나질 않았고 심지어
는 전시장 안에서 종종 길을 잃기도 했습니다.

그러다 만났어요. 배병우, 구본창 작가의 소나무와 백자.
2014년엔 한국의 갤러리가 참여하지 않았다고 하더군요. 파리의 갤러리에서
내놓은 것이었어요. 다른 갤러리에서는 이정진 작가의 대나무 시리즈를 내놓았
더군요. 김환기 화백의 글이 생각났습니다. '파리라는 국제 경기장에 나서니 우
리 하늘이 역력히 보였고 우리의 노래가 강력히 들려왔다.' 옳은 말이었구나, 여
전하구나, 가장 강력한 힘은 여전히 우리다운 것에서 나오는구나, 실감하는 동시
에 짚어보게 되었습니다.

1956년 40대 중반의 나이로 '파리라는 국제 경기장'에 처음 나섰을 때 어땠을까요, 김환기 화백의 마음. 벅차오르다가도 혹 쓸쓸하지는 않았을까요.

실은 제 마음이 그랬습니다.

그랑 팔레를 가득 채운 수많은 나라의 작가들을 보면서 저토록 많은 사람들이 전 세계를 무대로 뛰고 있는데, 나는 작은 세상에서 아둥바둥 살았구나, 내가 너무 작구나, 늦도록 작은 꿈만 꾸었구나 싶었어요. 허망해지는 기분을 느끼는 동시에 참 대단하다 싶었습니다. 굴하지 않고 최고가 되겠다며 그림의 세계를 치열하게 파고들던 김환기 화백의 열정이며 지치지 않고 응원을 보냈던 김향안 여사의 사랑. 정말이지 굉장한 것이었구나, 굉장한 용기였구나 새삼 찡해졌습니다. 파리라는 국제 경기장을 한눈에 담던 그랑 팔레에 서서.

그랑 팔레의 다음 전시는 Katsushika Hokusai.

전시 포스터로 〈가나가와의 거대한 파도〉가 건물 외벽을 덮었습니다. 전시 기간 내내 줄이 길었어요. 모네, 마네 같은 프랑스 인상주의 화가는 물론이고 고흐며 마티스에게도 영향을 미친 일본 민속화의 대가. 파리 사람들이 관심을 가질 만도 했죠. 1시간 이상 줄을 서야 입장이 가능했지만 몹시 추운 날이나 비가 오는 날에도 여전히 사람이 많았습니다. 워낙 세밀한 그림이기도 했지만 하나하나 꼼꼼히 들여다보는 관람객들의 태도가 인상적이었습니다. 전시를 다 보고 부티크에서 책이며 기념품을 보고 있는데 프랑스 할머니 한 분이 다가와 말을 걸었습니다. 다가올 땐 친절하더니 나중엔 아니더군요. 프랑스어로 대화를 나누던 일행에게 무슨 이야기를 하였는가 물어보니 일본에서 왔냐고 묻더니 한국에서 왔다 하니까 듣기 거북한 말을 하더라 했습니다. 잘못이야 문화적 편견을 가진 상대에게 있지만 쓸쓸해지는 기분은 어쩔 수가 없었어요.

그러니 1950년대에 두 분은 어땠을까요.
동방의 이름 없는 작은 나라 국민으로 파리에 머물 때.

두 분의 글에 담긴 파리는 그 자체로 하나의 거대한 예술 작품이었고, 제가 만난 파리 역시 그랬습니다. 발걸음이 가는 대로 그저 걸어도 툭하면 위대한 예술가들의 흔적을 만나게 되는 곳. 골목 하나만 돌면 세기의 지성인들이 차를 마시며 토론을 하던 카페이고 공동묘지에 들어서면 이름만 들어도 가슴이 뛰는 역사 속의 인물들이 가득 잠들어 있는 곳.

그래서 행복했으나 그래서 또 허전해지는 기분으로 생각하곤 했습니다.

'어떤 날엔가는 두 분도 나와 같지 않았을까.
드넓은 바다 앞에 서서 아름답고도 위대하구나 감탄하는 동시에 스스로가 얼마나 작은 존재인가 느끼고 쓸쓸해지던 순간처럼 어쩌면 두 분도 그렇지 않았을까. 파리라는 국제 경기장에 처음 섰을 때.'

그런 가운데도 우리다운 것으로 세계적인 것을 만들 수 있다 믿었고 가장 우리다운 것으로 승부를 보려 했으며 한국을 잘 모르는 프랑스인들 앞에서는 자신들이 한국을 대표하는 남자와 여자가 된다는 걸 잊지 않고 한결같이 품위와 자존감을 지켜갔으니 두 분 안의 단단함, 고맙고 소중하고 놀랍고 또 소중합니다.

뉴욕

1959년 4월. 수화와 향안은 서울로 돌아왔다.
4·19와 5·16을 겪었다.

혼란한 세상 속에서 두 사람은
지성인이 해야 할 일에 대해 깊이 생각했다.

수화는 지식과 지성을 구별했다.
그림을 잘 알고 잘 본다고 해서 지성을 가진 것이 아니다.
언어를 많이 알고 어휘를 많이 안다고 해서 지성적인 것이 아니다,
이해하고 실천하는 것이 지성이라고 했다.
사회적 실천을 강조했다.

여성에 있어서도 지성을 특별히 중요하게 여겼는데 수화에게 향안은 인간의 존엄성을 알고 자기 자신을 존중하며 자신이 가진 것을 세상과 나눌 줄 아는 좋은 지성을 가진 여성, 아름다운 여인이었다.

두 사람은 서로만을 바라보지 않았다. 시선을 돌려 함께 세상을 보았다. 고국의 현실을 아파하고 잘못된 것을 바로 잡을 방법은 없는지 토론했으며 지성을 실천하기 위해 두 사람은 파리에서 습득해온 것을 더 많은 사람들과 나누기로 했다.

수화는 파리에 가기 전 일했던 홍익대학교로 돌아갔다. 1960년에서 63년까지 미술 교육에 힘쓰며 우리 젊은 미술인들이 세계 미술에 접근할 수 있도록 최선을 다했다. 한편으로는 다양한 곳에 글을 써보내 자신의 예술관을 대중과 나누었다. 특히 관심을 보였던 것은 '우리 것을 우리답게 지키는 일'이었는데 가장 우리다운 것이 갖는 강력한 힘을 세계 미술의 중심인 파리에 가서 더욱 절실히 깨달았기 때문이다. 돌아온 서울은 전후 복구를 끝내고 한창 현대화 작업이 진행 중이었는데 수화는 변화의 방향에 대해 하고 싶은 말이 있었다.

"덕수궁의 저 담장을 허물고 철책으로 하느냐 그대로 두느냐 하는 여론 기사를 보았다. 왜 이런 생각을 할까. 어떤 사람들이 이런 생각을 해내는 것일까. 무슨 생각에서 덕수궁의 저 아름다운 담을 허문다는 것일까. (…) 서울의 애정은 중앙청이 있어서

가 아니요 반도호텔이 있어서가 아니다. 남대문, 동대문, 덕수궁, 창경원, 비원, 경
복궁-이런 것들이 있어서 서울인 것이요, 서울에 애정이 가고 다소 자랑도 되는 것
이다. 창경원 담장을 끼고 걸어보라. 덕수궁 담장을 끼고 걸어보라. 옛날 총독부의
그 동물원 같은 철책 밖을 걷던 그것과 다시 생각해보라.(…) 오늘 우리가 역사의 민
족이요 생활을 가진 민족으로 자랑을 한다면 저러한 담장 안에 들어 있는 건물만이
있어서가 아니라 그런 것들을 둘러싸고 있는 아름다운 담장도 가지고 있기 때문이
다.(…) 조상에게 받은 우아한 오동장을 들어내고 니스칠이 뻔쩍거리는 합판장을 들
여와서는 안 될 일이다."

김환기, 〈서울〉, 1961. 8.

문필가였던 향안도 부지런히 글을 써서 세상과 만났다.
프랑스의 문화, 프랑스인들의 생활방식 등 밖으로 나가 자신이 보고 듣고
느낀 것들을 적어 꼬박꼬박 잡지에 실었다. 특히 선진국 여성들이 얼마나
주체적으로 자신의 삶을 꾸려 가고 있는지에 대해 이야기했다.

"파리는 실제로 여자의 수가 많아서인지 음악회를 가나 연극을 보러 가나 또는 미
술전람회를 보러 가나 남성보다는 여성의 수가 훨씬 많다. 특히 무슨 부문이고간에
예술 강좌 같은 것이 열릴 때는 그 청강자의 대다수가 여성인데 놀란다. 미술전람회
를 감상하러 오는 그들의 태도를 보면 진지하고 열심이다. 아무 말 없이 열심히 그
림을 들여다보는 태도가 첫째로 마음에 든다. 그리고 보고나서는 반드시 한 마디 자
기의 솔직한 감상과 어느 것을 제일 좋아한다는 개성적인 기호까지를 첨부하는 것
이 확실해서 좋다. 그렇게 함으로 해서 자기의 감상안을 높여 가는 것이 아닐까.(…)
파리에 있는 무수한 화랑은 그 경영자가 여성인 것이 많다. 그림 감상의 안목이 어

지간히 높은 수준에 있지 않고서는 파리에서 화상이 될 수 없는 사실로 미루어 그들
미의식의 교양을 짐작할 수 있다."

김향안, 〈파리 여성들의 예술관〉, 1957.

향안은 글로뿐 아니라
살아가는 모습 자체로 주위 여성들에게 울림을 주었다.

어느 날 한 젊은 화가의 아내가 향안을 찾아와 예술가의 아내로 사는 것이
참 힘들다고 말했다. 향안은 위로를 해주는 대신 질책을 했다.

"지금 당신이 나에게 해야 할 말은 예술가의 아내로 사는 것이 얼마나
힘이 드는가가 아니다. 예술가의 아내 노릇을 더 잘하기 위해서 무엇을 해
야 하는지를 물어야 한다."

향안에게 예술가의 아내란 자신의 의지로 선택한 하나의 직업과도 같았
다. 프로페셔널하게 해내야 한다고 믿었다. 스스로에게 가치를 부여하고
최대한의 노력을 함으로써 향안은 예술가의 아내로서 살기에 그치지 않
고 주체적인 존재로 자신을 세웠다. 의미 있는 존재로 빛났다. 자기 자신
으로서 당당히 독립된 삶을 살아가는 모습 자체로 향안은 서울의 여자들
에게 많은 것을 말했다.

와우산 꼭대기,
쉼 없는 바람과
잠들지 않던 열정

막 서울에 돌아왔을 때 그들은 상도동에 살았다.
수화는 학교를 끝내고 한강을 따라 달려 집으로 향하는 시간이 좋았다. 강
바람에 먼지가 다 씻겨 나가는 듯했다.
상도동에 도착하면 바람이 잠들었다. 따뜻한 동네였다.

다음 해에는 와우산 상상봉으로 이사를 했다.
하필 겨울이었고 바람이 몹시 불었다. 이상한 일이었다.
평생 산허리의 고요하고 아늑하며 따사로운 곳에 사는 것을 좋아했는데
이번엔 달랐다. 산꼭대기에 거칠게 부는 북풍이 좋았다.
힘이 들어도 산봉우리까지 올라 탁 트인 세상을 보는 것이 좋았고
거친 바람 속에 서면 오히려 신이 났다.

아무래도 속이 단단해진 탓이었다. 뿌리가 깊어진 탓이었다.
거친 바람에도 깨지지 않고 흔들리지 않을 자신이 있었다.

더불어 스스로 뜨거웠기 때문이었다.
수화 안의 열정은 점점 더 뜨거워졌다.
안정보다는 도전을 향해 마음이 불어갔다.

향안을 만나기 전에는 달랐다. 꿈이 클수록 절망도 깊어
서울과 고향을 오가며 유랑이나 하며 무력하게 지내던 시절도 있었다.
파리에 가기 전에는 한국 화가들의 한계는 큰 세상을 보지 못한 것이다.
꿈에라도 큰 무대에 설 수 있을까 아쉬워하며 한숨만 쉬던 수화였지만
향안이 세계로 가는 길을 열어준 뒤로 달라졌다.

무엇을 해야 할지. 어디를 향해 가야할지 알고나니
잠자는 시간도 아까웠다.

마치 신선한 산소를 공급 받은 불꽃과 같이 수화는 점점 더 타올랐다.

와우산 시절. 수화는 대학교수로서 입지를 넓혀가며
후학을 양성하는 데 열의를 보였다.

"어떤 기록에는 김환기의 이 시대를 가리켜 사회적 성공이라 했는데 이것은 착각이다. 예술가에게 그러한 명성이라는 것은 자기 파멸의 길이다.
다행히 수화는 스스로 깨닫고 어느 날 수첩에 '행정이란 썩은 것과 타협하는 것, 나는 단호히 이것을 물리치리라.'는 결의를 적고 미술 단과대학을 구상했던 꿈을 유감없이 버렸다."

김향안의 일기 중에서, 1987.

버린 것은 미술 단과대학에의 꿈만이 아니었다.

우리 화가들의 국제 미술전 참가에 관심이 많았던 수화는
1963년 상파울로 국제전에 참가할 기회를 얻었다.
이번에는 향안을 통해서가 아니라 스스로 얻어낸 기회였다.
수화는 한국 대표로 참가해서 회화 부문 명예상을 수상했고
이내 뉴욕으로 날아갔다.
대상을 받은 아돌프 고틀리브의 작품을 보며 자극을 받았기 때문이었다.
뉴욕으로 날아간 수화는 결국 교수직을 버렸다.

겨우 안정된 생활이 또 어려워질 것이 뻔했으나 향안은 다행이라 했다.
고여 있는 물이 되지 않고
여전히 모험할 수 있고 도전할 수 있어 다행이라고,
더 큰 세상을 향해 흘러가서 다행이라며
향안은 걱정 대신 박수를 보냈다.

뉴욕의 김환기

뉴욕,
이번에는 수화가
홀로 먼저였다

1963년 10월. 가을이었다.
제7회 상파울루 비엔날레에 참가했던 수화는
간단한 그림 도구와 가벼운 짐만을 지닌 채 뉴욕 공항에 도착했다.

친구 브루노의 도움으로
허드슨 강이 내려다보이는 곳에 아틀리에를 마련했다.
맨해튼 어퍼 웨스트 사이드에 위치한
셔먼 스퀘어 스튜디오 빌딩. 전경이 좋았다.

왼편에는 센트럴 파크.
공원을 가로지르면 메트로폴리탄 박물관이나 구겐하임 미술관에 닿았다.

오른쪽에는 허드슨 강.
바라보고 있으면 고향의 바다가 떠올랐다.

한국에서는 미술가협회 회장이며
홍익대학교 미대 학장을 맡기도 했지만
뉴욕에 내리니 수화는 그저 동쪽의 작은 나라에서 온
이름 없는 작가일 뿐이었다.

여독을 풀 새도 없이 그림을 그리기 시작했다.
7년 전 파리에 내렸을 때와 같은 낭만은 없었다. 훨씬 치열했다.
생계를 해결하기 위해 육체노동까지 해야 했지만
몸의 피로도, 생활의 고단함도 그림을 향한 열정을 이기지는 못했다.
뜨겁게 그림을 그려갔다.

같은 해 겨울.
스탠포드 미술관에서 〈아시아 3인〉전이 열렸고 수화의 작품이 걸렸다.
홀로였으니 외로운 날도 있었으나 그림과 공부에 몰두하며 이겨냈다.
그래도 그리운 사람이 더욱 그리운 날이면 편지를 썼는데
수화의 글은 다정하고 알뜰했다.

whank
1964. Jo

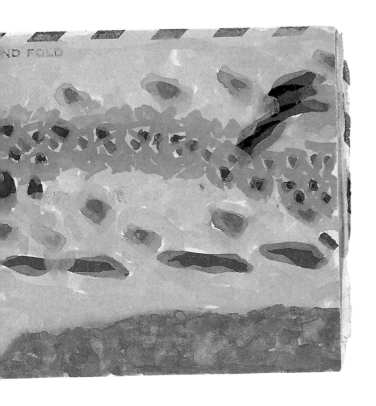

「스트라우스씨 山莊。

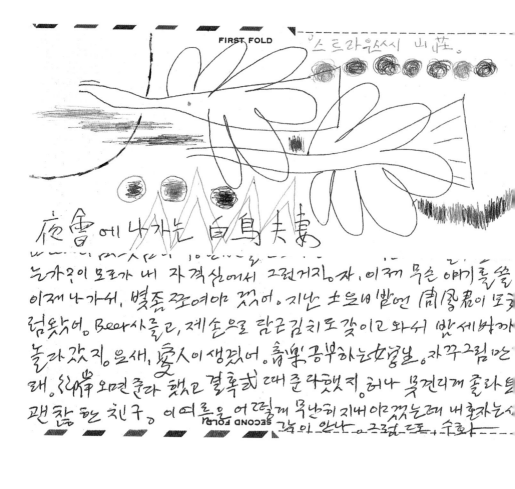

夜舍에 나가는 白鳥夫妻

누가요. 이모가 내 자격심에서 그런거지。자,이제 무슨 야기를 쓸
이제 나가서,벗좀 꼬여야겠어。지난 土요日 받언 周風君이 모르
럼왔어。Bear사를로,제손으로 담근 김치도 갖이고 와서 밤새벽까
놀라갔지。요새,戀人이 생겼어。音樂 공부하는女영분。자꾸그림 만
때。歸歸 오면 준다 했고 결혼式 때 준다 햇지。허나 묵건디께 졸라
괜찮 핞 친구。이 여름은 어떻게 묵난히 지버야겠는데 버혼자는

鄕兄에게

스트라우스 씨 산장
파티에 나가는 백조 부부

자. 이제 무슨 얘기를 쓸까? 이제 나가서 볕 좀 쪼여야겠어.
지난 토요일 밤엔 주봉 군이 모처럼 놀러왔어.
Beer를 사들고 제 손으로 담근 김치도 갖고 와서 밤 세 시까지 놀다갔지.

이 여름은 어떻게 무난히 지내야겠는데
나 혼자서는 어떻게 해야할지 생각이 안 나.

그럼 또. 수화.

...re loved thru sunshine,
...n and foq
thru **JUNE**

JULY

as well as **AUG.**

My HEART and yours
are truly locked
from first of **SEPT.**
to last of **OCT.—**

In **NOV.**
and **DEC.**
you're loved—
till when
it's time for
JAN.
to come again—

And THAT'S my way of telling you
I love you, Dear,
the whole YR. thru!

*Merry Christmas,
Darling!*

whanki

whanki

whanki

whanki

밤에 눈이 쌓였군. 지금도 눈이 내려.

요 며칠 재료 사랴, 이민국에 가랴, 붓을 통 못 들었어. 어제도 오후에 그림을 꾸리고. (아시아 협회에 갖다 주고 남은 과슈) 또 뭘 좀 끓여 먹고 하면 시간이 나려나. 어제 꾸린 그림은 월드 하우스 갤러리에 오늘 브루노가 가져가기로 한 거야. (…) 월드 하우스 잘 알지? 언제 우리도 파리에서 그곳에 그림을 보낸 적이 있었지. 이 갤러리 일류야. 참 넓은 갤러리야. 얼마 전에 스페인의 페이토 개인전을 여기서 보았어. 주인이 바뀌었다는 것까지는 알고 있지? B가 오늘 가지고 갔으니, 아마 내년 1월이 되면 결과를 알 수 있을 거야. 요 먼저 번 편지를 보아서 대강 알고 있겠지. 윈스톤 댁에 갔던 거 보고.

생 루이 섬에서 우리 내외 사진을 퍽 많이 찍었잖아. 사진 앨범에 우리의 컬러 사진이 한 페이지 붙어 있었어. 그때의 생활이 떠올라서 잠시 센티멘털해졌지. 돈 100불을 주더라는 것도 이야기했지? (…) 그리고 파리에서 산 내 그림도 굉장히 좋아해요. 자기 말대로 그 사람 주위에 친구들이 많은 것 같아. 자기 말로 나를 부자로 만들어준다고 하네. 그래서 한 필 남은 남색 비단을 어제 우편으로 보냈어요. 성탄 선물로는 안성맞춤인 것 같아. 마담 브랜드를 줄까 했지만. 좀 두고 봐요. 당신 여기 오는 것도 이 윈스턴과 의논하는 것이 상책일 것 같아. 언젠가, 나는 기억에 없지만, 우리 둘이서 뉴욕에 온다는 편지를 받고 기다렸었대. (…)

여러 가지 일들을 차츰 협회보다는 윈스톤과 의논해야겠어.

좋은 성과를 기대해요.

나 차별 안 당해요. 심지어는 나 보고 잘 생겼다고 할리우드로 가라는 사람도 있거든. 그러나, 여기서는 무슨 방면이나 다 그렇지만 미술에 있어서도 뚫고 들어가는 일이 참 어려워요. 일본 사람들 인기가 대단하다고 하지만 왔다가는 안 될 것 같아서 되돌아간 유명한 미술가들이 많았다는 이야기를 들었어요.

본래 밥을 지어 먹는 게 가장 경제적인 것 같아. 1불짜리 고기 사다가 큰 냄비에 곰국을 끓여놓고 몇 끼를 먹거든. 김치는 유리병에 봉해서 파는 것이 있는데 하나에 90센트. 이것으로 세 끼는 먹어요. 맛도 괜찮아. 장아찌도 있고. 얼마나 매운지 몰라. 나 지내는 것 걱정 말아요. 여기 추위 깔보았더니 꽤 추워져요. 목도리를 아주 잘 쓰고 있어요. 바바리코트와 까만 가죽을 입지. 여기서도 그런 것 많이 입어요. 크리스마스가 지나 새해가 되면 더플코트를 하나 사 입을까해. 그땐 아주 싸진다고 하더라고. 내 걱정 말아요 나는 잘 지내니. 서설이 덮인 우리 집에서 우리 가족 건강하고 부디 괴로운 일 없도록 하나님께 축원하나이다. 수화.
나 괜찮대도. 신경과민 말아요.

1963년 12월 18일 수. 11시 반

향안에게. 오늘은 해가 나고 바람이 잠들어 따뜻해요.

역시 붓을 써야겠어. 칼로 완성했던 것을 다시 붓으로 고쳐요.

동양 사람의 체질에는 역시 털로 된 붓이 맞고 미묘한 느낌이 살아가는 것 같아.

어제는 뒤숭숭해서 거리에 나갔지. 레이몬드라는 화가를 만났어. 내 스케치북을 보였더니 놀라는 것 같더군. 너무 동양적인가? 물었더니 그렇지 않대. 대단히 오리지널하대. 쬐그만 작품에서 우주가 느껴진대. 묘한 색깔이라고도 했지.

가다가 진지하게 내 그림을 보아주는 사람을 만나면 무조건 기쁘고 용기가 나요.

나 우선 지금은 다작보다도 알뜰한 그림을 만들래.

금년은 4, 5폭에다 정열을 쏟을래.

오후 5시30분

지금 손 씻고 있어요. 또 돌아갈 시간이야.

오늘 밤은 그림을 매트 보드에 끼워야겠어요. 모두 서울에서 가져온 과슈들.

오늘 제작은 여의하게 갔어요. 이런 날은 마음이 유쾌해요.

1963년 12월 11일 오후 3시

태남에게

지금 두 시.
일하다 쉬며 이런 그림 하나 생각해봤어.
밖은 꽤 추운데 방 안은 짤짤 끓어요. 수화.

여러 날 편지 못 받은 것 같아요.
그래, 편지 쓰는 것도 쉽지 않아요. 또 전보 값도 궁하겠지.
여기, 지금 좀 추워요. 방안은 이렇게 짤짤 끓지만.
김장하네, 뭐 하네 아마 심신이 피로하겠지?
어제는 그리니치 빌리지에 나가 예술가들의 집을 보았지.
가만있어 이 참관기를 원고로 만들어 보내지.
여하튼 괴상야릇한 꼴들인데 보아하니 그 사람들 생활 그대로를 보여주는 것 같아.

1963년 12월 4일 Riverside

U.S POSTAGE
AIR MAIL
11¢

서울특별시 마포구 신공덕동
金相鎭 받음
㉙
SEOUL. KOREA.

1600 W. 113T
Newyork 25, N.Y
U.S.A

River Side
1963-12-4

1963.12-4(木) 低陽께.   10:30
여러날 편지 못받은것 같애요. 그래, 뎅겨쓰는것도 쉽지않아을
도 郵票값도 궁하겠지. 여기, 지금 좀 추위요. 동안은 이렇게 깔
린 그리 많인감 장하네. 뒤하네 아마 스키이 되로하겠지요?
어제는 Greanich Village(?)에나 가 黃柑菊들에 잠은 보았지.
가만있어 이홀 菴記를 京綠로만 드러보내지. 여하튼 괴상
야릇한 꼴들인데 보아하니 일 무러가아 나라 그사람 를 묻고그래를
裸노시긴 거이오. 꼬드라 바스와 북만의 홈쪽 받굿를 持義を
영화로 돌리오. 어짼든 재리나을. 아마도 5,6흘 전 일인데

당신에게

나 지금 들어왔어요. 아까까지 먹었던 것이 금방 또 배가 고파요.
아이스박스를 열어보니 (이 아이스박스는 아주 조그만데 참 실속이 있어. 우리 이런
거라도 서울서 하나 가졌더라면) 핑크빛 포도 한 송이가 남아 있어요.
참, 포도를 보면 포도를 먹으면, 우리들의 파리가 생각나요.

1963년 11월 13일

MONUMENTO DO IPIRANGA

라 갖이라 햇더니, 그집 夫人이
그걸곧 타 버지 않어. 取消 할수는
없스나, 벙어리 벙가슴 앓은듯 잠 장
고 주지않을 수가 없었어. 위스커 마는
바시리. 우리는 나왔지. 거리는 세을
하드룬. Taxi를 타고 閑怡 래려라
주고 Bruno 래려다 주고, 그리고 나, 지

굼 드러 왔어요. 아까 까지 먹었든것이 금시에, 배가 곺
아요. Ice Box를 여러보니 (이 아이스박스는 아주 쬐고만데
참 실속이 있어. 우리 집이 언젠래도 서울에 하나갖겠드라면)
pink빛 葡萄 한송이가 남아 있어요. 참. 포도를 보면
포도를 먹으면, 우리들에 Paris가 생각 나요.

New York

13/11 1963

whanki

VISTARAMA - Marca Reg.
PAP. BRAZ - São Paulo

Bruno. 좋은
사람이야요
좋은사람은
어디를 가나
왜 고생들 할
가.

Bruno.
Brendt가
섭々하데.
한번요 찾아
오너. 伊太利
에 方今 갓가가
드데.

수 있을 받을 기다려음으로

鄕岸 鄕岸 鄕岸

창 산 향안 c

ㅎ ㅎ 안

一九六四年一月十九日
저녁 알곰味

檀紀4599

書翰으로 紀念글을

鄉岸께 보내는

향안에게 보내는 수화의 50번째 편지 기념

지금 저녁 먹고 났어요. 24일에 써 보낸 향안의 편지를 오늘 받고 이제 또 한 번 읽었어요. 수첩을 들여다보며 날짜를 계산하다보니 오늘 편지를 띄우면 꼭 50번째 편지가 되는 것을 알았지. 내 이제껏 향안에게 무슨 이야기를 써서 보냈을까? 하나도 생각이 안 나요. 하지만 기쁜 이야기보다 서러운 이야기를 더 많이 써서 보낸 것만 같군요. 그랬지? 할 수 없지. 우리 민족은 기쁨보다 서러움이 가득한 사람들이니 할 수 없지. 언제쯤 우리들은 기쁨에 가득한 이야기만을 주고받으며 살 수 있을까. 향안, 우리 민족에게도 그런 날이 올까?

바람 속에 나가는 것이 보여요. 지쳐서 들어오는 것이 보여요. 반찬 없는 상을 앞에 둔 향안이 보여요. 나도 며칠 전에 저녁달을 보았지. 허드슨 강가를 걸어 들어오며 달을 봤는데 아, 섣달 초순이구나, 이런 생각이 들더군.

향안, 걱정 말아요. 나 아주 명랑해요. 나, 갈수록 좋은 그림 그릴 자신 있어요.

내일은 또 새 정신으로 시작해봐야겠어. 상품화된 화포畵布를 쓰지 않고 가공처리 되지 않은 천을 써볼래. 있는 그대로 천의 결을 살려서 정말 고운 그림을 그려볼래. 오늘은 산책 삼아서 다운타운으로 집을 찾아 다녀봤지. 모두 쓸 만한 게 없었어. 뉴욕에서 가장 어려운 게 집을 찾는 거라던데. 아무래도 집세로 100불은 각오해야겠어. 참 비싸지.

1964년 1월 29일 저녁 7시 45분

사랑은 여전히
지극했으나
뉴욕의 날들은
팍팍하였다

1964년 6월 10일. 향안이 뉴욕에 내렸다.

홀로 뉴욕에 도착하여 아내가 오기를 기다리는 동안
수화는 부지런히 편지를 쓰는 동시에
보고픈 마음을 담아 그림을 그렸다.

둘이 함께 파리에 머물던 시절
수화는 과슈라는 미술 재료를 발견하고 매혹되었다.
수채화처럼 물에 풀어쓰는데
오일과 같은 질감을 내는 것이 재미있었다.

스케치북에는 물론이고 한지에도 과슈로 그림을 풀어내며
즐거워하였는데 남미로 떠날 때 수화는 과슈를 챙겼다.
남미의 풍광을 그리기 위해서였다.

뉴욕에 도착한 뒤에는 눈앞의 풍경을 그리는 대신
마음 안에 있는 것들을 그렸다.
두 권의 스케치북이 가득 찼다.

수화가 맨 앞에 제목을 직접 적었다.
〈향안에게 1964 수화〉.

향안이 없던 8개월 가량의 시간이 수화에게 어떤 의미였는가를 한눈에 보여주는 제목이었다. 마음 가장 한가운데 아내의 이름을 두고 수화는 매일 그림을 그렸고 성장해갔다. 17년 뒤 아내는 남편이 남긴 과슈집을 책으로 묶어 세상에 내놓았다. 제목을 똑같이 〈향안에게〉라고 붙였다. 남편이 세상을 떠나고 난 뒤 향안은 종종 과슈집을 열어보며 '내가 외롭다면 감정의 사치다.' 생각했다. 남편은 평생을 그림으로 아내 곁에 있었다. 펴볼 때마다 점점 더 아름다워지는 그림들이었다.

두 사람의 사랑은 내내 지극했으나
뉴욕에서의 생활은 파리에서보다 치열하고 고단했다.

향안은 물질만능의 뉴욕이 좋지 않았다.

자꾸 등을 떠밀려 앞으로 앞으로 나가기만 해야 하는 곳 같았다.

사람들도 에고가 강하여 인간의 감정이 우러나지 않는다고 느꼈다.

삭막하여 사는 맛이 느껴지지 않았고 많은 면에서 파리와 비교가 되었다.

파리의 갤러리 주인들은 스스로가 예술가 같았다.

예술을 이해하고 사랑했다. 가능성이 있는 화가를 발견하면

더 좋은 그림을 그릴 수 있도록 격려하고 후원했다. 애정을 보였다.

뉴욕의 갤러리 주인들에게는 예술보다 돈이 중요했다.

오직 그림 파는 일에만 집중했다.

돈을 벌기 위해서는 이미 이름난 예술가들만으로도 충분했으므로

신인 예술가를 발굴하기 위해 전혀 애쓰지 않았다.

유명한 화가들만으로도 3년 이상 스케줄이 짜여 있었으니

아무리 좋은 그림을 그린다고 해도 무명의 작가가

갤러리에 그림을 거는 것은 쉽지 않았다. 거의 불가능해보였다.

향안은 뉴욕이 진정으로 좋은 작품을 만들기에 적합한 곳은

아니라고 여겼다. 그림을 팔 수 없으니 생활은 당연히 어려웠다.

다음 해 1월 1일.

수화와 향안은 타임스퀘어에서 새해를 맞이했다.

그날 향안은 일기에
'새해에는 빚을 모두 청산하고 가벼운 마음으로 살고 싶다.'고 적었다.

다음 날에는 진눈깨비가 내렸다.
수화는 종일 그림을 그렸다.
점화가 성공할 것 같아 마음이 들떴다.
반드시 그림을 성공시키겠다는 의지로 자신을 앞으로 앞으로 밀어갔다.

같은 날 향안은
없는 살림에도 수화가 입을 새 코트를 샀다.
'따뜻하겠지' 생각하니 자신의 마음이 먼저 따뜻해지는 것을 느꼈다.
춥고 어려운 날에도 그림과 사랑이 그들을 구원했다.

하지만 지극한 사랑도 먹고 사는 일을 해결해주지는 못했다.
그림은 팔리지 않았다. 첫 번째 전시에서는 〈20세기 재단〉이
그림을 사갔다. 한 점을 팔면 1년을 살 수 있었으나
어렵게 전시를 열어봤자 대개는 단 한 점도 팔리지 않았다.
파리에서 그랬던 것처럼 애초에 그림을 안 판다고 마음을 열고 시작하면
훨씬 편해질 테지만 전처럼 쉽게 초연해질 수가 없었다.
상황은 점점 어려워져가고 있었다.

함께 있어
그들의 꿈은
현실이 되었다

뉴욕에 사는 동안 향안은 사는 재미를 잃어갔다.
본디 느리게 사는 것을 즐거워하던 향안이었으나
뉴욕에서의 날들은 느리게 살 틈을 주지 않았다.
그래도 멈추지 않고 책을 읽고 글을 썼다.

부부가 살던 곳은 도로에서 가까웠다.
자동차와 사람들이 만드는 소음이 향안을 괴롭혔다.
혼자만의 고요가 그리울 때면 홀로 차 안에 앉아
책을 펼쳐보기도 했지만 소용이 없었다.
뉴욕의 소음은 잠들지 않고 향안을 괴롭혔다.

건뎌낼 수 있었던 것은 수화가 곁에 있기 때문이었다.
성품이 비슷한 두 사람이었으니 수화라고 해서
복잡한 뉴욕의 생활이 편안하지만은 않았겠으나
환경을 탓하거나 신경 쓸 겨를이 없었다.

당시 수화는 온전히 그림에 몰두해 있었다.
종일 서서 점화를 그리고 뭉개고 다시 그리기를 반복했다.
예술은 절박한 상태에서 만들어지는 것이니 상황이 나쁜 것이
오히려 도움이 될 지도 모른다며 아내와 스스로를 응원했다.
현실과 미래를 낙관하는 성격은 여전하였다.

그래도 지치는 날이면 자연이 위로가 되었다.
부부는 허드슨 강을 같이 걸었다.
강가에 나가 물 위에 비친 달그림자를 보면
복잡한 마음이 가라앉곤 하였다. 종종 산을 찾기도 했다.
마음을 달래고 돌아와서는 수화는 또 그림을 그렸다.

아내는 남편의 건강을 염려하였다.
작품의 크기는 점점 커져가고 있었다. 몰입의 정도 역시 전과는 달랐다.
하루 종일 그림 앞으로 떠나지 않았는데
나이가 들어 몸이 마음과 같지 못했다.

수화의 육체는 혹사당하고 있었다.
전력질주를 하듯 그림을 그리는 남편을 바라보며
향안은 걱정이 깊었으나 그저 걱정 뿐.
천천히 가도 된다고 말해봐야 들리지 않을 것이 분명했다.

수화의 몸은 늙어가고 있었지만
열정은 시들 줄을 몰랐다. 수화는 계속 자신을 앞으로 밀어갔다.
꿈꾸던 곳에 닿을 때까지 멈추지 않을 것이 분명했다.
오히려 청춘일 때보다 수화는 오히려 더 많은 꿈을 꾸었다.
"이대로 죽어도 좋다, 꿈을 이루고 귀국해야지."라고 일기에 적었다.

1965년 1월 17일.
수화는 재미난 생각이 떠올랐다며 일기장에 앞으로의 계획을 적었다.
서울 서교동에 있는 집의 빈터에 4층짜리 집을 짓고
두 층은 가족이 쓰고 두 층은 사설 미술관을 하고 싶다 했다.
음악가들이 연주회도 열고, 입장료를 받고 화가들의 개인전도 열고,
그림엽서도 출판을 하면 즐겁겠다 적었다.
27년 뒤, 일기장 한켠에 적어둔 그 꿈이 현실이 될 것을 수화는 몰랐다.
아름다운 소망을 남겨둔 덕분에 후에 혼자 남은 아내가
지치지 않고 살아내게 될 것을 몰랐다.
아내가 기어이 그 꿈을 현실이 되게 할 것도 그는 몰랐다.

뉴욕에 도착할 때 수화의 나이는 쉰이었다.
대개는 삶이 뜨겁기를 멈추고 안정을 찾는 시기였지만
수화는 아니었다. 계속 도전했다.
흰 머리가 늘어가고 있었지만 그는 여전히 청춘이었다.

잠들지 않는 희망과 시들지 않는 열정,
그 위에 살아온 시간이 만들어 준 지혜가 보태져
수화의 그림 작업은 깊이를 더해갔다.

일기는 온통 그림을 그리는 이야기로 가득 찼다.

1967년 10월 13일.

봄내 신문지에 그리던 일 중에서 나는 나를 발견하다.

내 재산은 오직 '자신' 뿐이었으니 갈수록 막막한 고생이었다.

이제 이 자신이 똑바로 섰다. 한눈팔지 말고 나는 내 일을 밀고 나가자.

그 길 밖에 없다. 이 순간부터 막막한 생각이 무너지고

진실로 희망으로 가득 차다.

1968년 1월 2일.

선인가? 점인가? 선보다는 점이 개성적인 것 같다.

1월 23일. 나는飛 점, 점들이 모여 형태를 상징하는 그런 것들을 시도하다.

이런 걸 계속해보자.

뉴욕에 머무는 동안 수화는

새로운 것을 만들어내는 일에 완전히 몰두했다.

상식적인 것에 붙잡히지 않고 늘 새로운 눈으로

세상을 보고, 작품을 대하려 최선을 다했다.

지금까지 알았던 것을 그리지 말고

몰랐던 것을 생각하고 표현해내자며 스스로를 북돋웠다.

이 시기 수화는 점을 찍어 그림을 만드는 일에 집중하고 있었는데

커다란 캔버스 앞에 서서 점을 찍어내려갈 때면 서울이 자주 생각났다.

점을 찍을 때면 마치 창문을 열고 너머의 세상을 보는 기분이 되었고

눈을 감으면 환하게 두고온 고국이 보였다.
아름다운 산과 강과 사람들이 무지개처럼 떠올랐다.

온 힘을 다해 그려나갔지만 작품은 여전히 팔리지 않았다.
경제적으로는 여전히 어려웠지만 두 사람은 절망하지 않기로 했다.

그림을 그려온 시간이 길었다.
화가의 아내로 살아온 날들 또한 오래 되었다.
지나간 시간이 남긴 지혜로 두 사람은 알고 있었다.
지금 당장 결과가 보이지 않더라도
멈추지 않고 그리는 시간이 분명 미래에는 힘이 된다는 것.

서로 응원하며 함께 걸어온 시간이
두 사람에게 내일을 긍정할 용기를 주었다.
두 사람은 앞으로가 더 좋을 것을 믿고 의심하지 않았다.
수화는 가장 자기다운 것으로 승부를 걸었고
향안은 수화의 선택이 옳다는 것을 믿었다.
믿고 그가 자신의 길을 흔들림 없이 가도록 도왔다.
그들은 함께 그들 자신을 믿었고 서로를 믿었다.
자신보다 더 자신을 믿어주는 한 사람이 옆에 있어
그들은 내내 힘을 잃지 않았다.

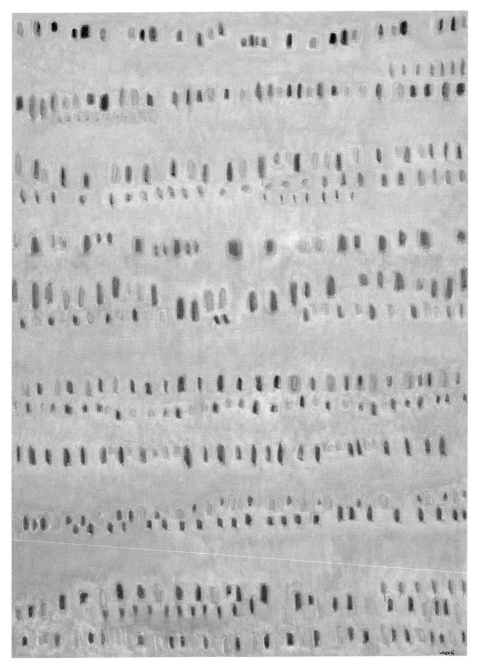

김환기, ⟨4−Ⅰ−66⟩, 1966

어디서 무엇이 되어
다시 만나랴

파리 시절 수화는 그림에 있어 시詩 정신이 중요함을 알았다.
위대한 그림에는 저마다의 노래가 있다.
자신이 부를 노래, 부르고 싶고 불러야할 노래가 무엇인지
또렷이 알고 그것을 그림에 담는 것이 중요했다.
뉴욕에 도착했을 때 수화의 마음 안에는 몹시 절실한 것이 생겼다.
그리움이었다. 두고온 사람들을 생각하며 수화는 점을 찍어나갔다.
색과 자료에 대한 연구도 깊어졌는데 가슴 안의 것들을
더욱 잘 형상화하기 위한 실험들이었다.

1970년.
그림에 깊이 빠져 있는 수화에게 한국일보로부터 연락이 왔다.

제1회 한국미술대상 전람회에 작품을 내보지 않겠느냐는 것이었다.

참여를 해볼까 생각하자
절친한 친구인 시인 김광섭의 시가 떠올랐다.
〈저녁에〉라는 제목이었다.

'저렇게 많은 별 중에서
별 하나가 나를 내려다본다
이렇게 많은 사람 중에서
그 별 하나를 쳐다본다

밤이 깊을수록
별은 밝음 속에 사라지고
나는 어둠 속에 사라진다

이렇게 정다운
너 하나 나 하나는
어디서 무엇이 되어
다시 만나랴.'

그리운 사람은 눈을 감으면 더 잘 보였다.

감은 눈 안에 떠오르는 얼굴을 그리며, 그들의 이름을 부르며
수화는 밤 하늘에 무수한 별을 찍어가듯 푸른 그리움을 점으로 찍었다.
푸른 점으로 가득 찬 232×172cm의 대작이 탄생했다.
제목을 김광섭 시의 한 구절에서 따왔다.
〈어디서 무엇이 되어 다시 만나랴〉로 정했다.

1970년 6월 7일 한국에서 전화가 걸려왔다.
수화가 제1회 한국미술대상전에서 대상을 받았다고 했다.

수상을 축하하는 전보들이 날아들었으나 수화는
'상보다는 벌을 받아야 할 사람'이라고 짧게 적어 답했을 뿐이었다.
수화와 향안이 귀국하길 기다리는 사람들이 많았으나 뒤로 미루었다.

1965년 2월 5일의 일기에 수화는
"이대로 죽어도 좋다, 꿈을 이루고 귀국해야지."라고 쓴 적이 있었다.
5년이 지나 한국전의 대상을 받았으나 그것이 수화의 꿈은 아니었다.
아직 돌아갈 때가 아니라고 여겼다.
찬사가 쏟아지는 가운데도 수화는 흔들리지 않고
바로 전날 그랬던 것처럼 그림을 그렸다.
집중은 더 깊어졌다.

김환기, 〈16−Ⅳ−70 #166(어디서 무엇이 되어 다시 만나랴 연작)〉, 1970

겨우 궤도에 올랐는데 또 후퇴시키는 것만 같군.

그럼 내주 초나 편지 써요.

1964년 3월 6일

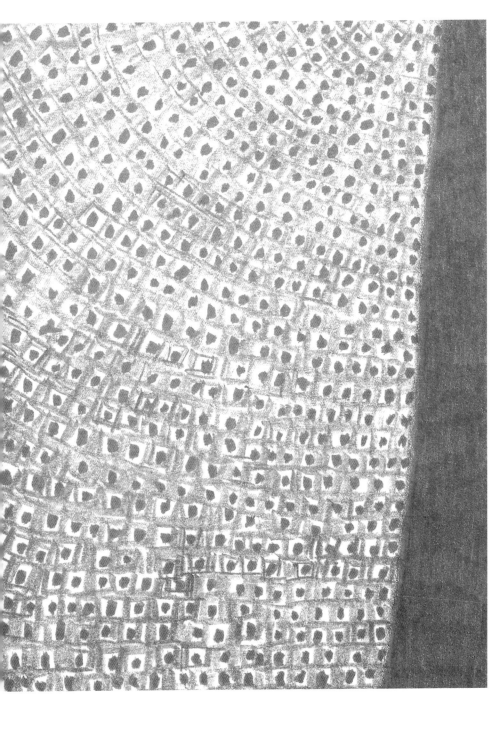

'왜 이럴까.
요즘 기운을
차릴 수가 없다.'

수화는 앞을 가로막는 모든 것을
흔들림 없는 의지로 밀고나갔고 계속 성장해나갔다.
향안은 젊은 시절의 수화를 '그림 그리는 일 밖에는 할 줄 몰랐다.
스케치북을 손에 들고 또는 호주머니에 넣고 다니며
무엇이고 그리기만 했다.'고 추억했다.

세월이 한참을 흘렀고 나이도 많이 들었지만
그림을 대하는 자세는 젊을 때와 같았다.
오히려 더 뜨거워졌다.

뉴욕 시절 수화의 일기는

오직 그림에 대한 이야기로 가득 차 있다.

1971년 일기의 한 면을 펼쳐보면 이런 식이다.

4월 5일에 100″×50″ 시작.

4월 10일 완성.

4월 11일 또 다른 100″×50″를 시작.

4월 13일에 완성.

1972년의 일기도 마찬가지다.

2월 3일 100″×80″ 그림을 시작.

2월 9일에 완성. 점화 #220.

다음 날인 2월 10일에는 이전에 그려둔 #218을 손질.

2월 18일에는 19″×58″ #221 Green으로 시작.

2월 22일에는 19″×58″ #222 Gray로 시작.

온통 선과 점, 재료를 비롯 오직 그림에 대한 고민으로만 가득하던

그의 일기에 건강에 대한 언급이 등장한 것은 1970년에 이르러서였다.

의지가 강한 그였으나 건강만은 뜻대로 되지 않았다.

'눈이 아물아물해서 오후 4시경 공원에 나갔는데

신경통이 생기고 다리가 무거워져 그냥 돌아오다.'

'왜 자꾸 죽음에 대한 생각이 들까. 더운 날이다.'
'청춘 시절을 같이 살던 친구가 또 세상을 떴다.'
'왜 이럴까. 요즘 기운을 차릴 수가 없다.
전에 없던 증세. 머리가 무겁고 개운할 때가 없다.'

신체는 자꾸 약해져갔지만 꿈은 시들지 않아 무거운 몸을 이끌고
수화는 밤새 동료들과 미술을 논했고 새로운 궁리를 보태갔다.

화랑과 화가의 관계를 고민하다가
자신만의 화랑을 만들겠다 결심했던 것도 이 무렵이었다.
구체적인 방법을 고민하기 시작했다.
시간은 멈추지 않고 빠르게 흘러갔다.
그 너머에서 무엇이 기다리고 있는지 모르지 않았을텐데,
하루하루 커져가는 통증이 무엇을 의미하는지 뻔히 알면서도
수화는 여전히 꿈을 꾸었고
매일 몸의 고통을 이기며 그림을 그렸다.

몸이 약해지는 것을 느낄수록 오히려 마음은 더 쫓겼다.
죽기 전에 무언가를 남기고 싶고 원하던 곳에 도달하고 싶은 마음은
더욱 간절해졌다.

그러다 피카소의 소식을 들었다.

1973년 4월 8일. 피카소가 91세의 나이로 프랑스 남부의 무쟁에서 세상을 떠났다. 부부는 '드디어 올 것이 왔구나.' 생각했다. 처음엔 믿어지지 않았다. 하지만 제아무리 피카소라고 해도 하늘이 정한 시간이 다되면 죽을 수밖에 없다는 현실을 깨달았다. 수화와 향안에게 피카소는 커다란 산과 같은 존재였다. 높던 산이 하루아침에 무너진 것 같아 허무했고 마치 가장 아끼는 사람이 세상을 떠난 듯 공허해졌다. 두 사람의 생활 속에는 언제나 피카소가 있었다.

뉴욕의 언론들이 부지런히 피카소의 사망 소식을 전해왔지만 인간과 예술에 대한 깊은 이해가 보이지 않아 수화와 향안은 함께 안타까워했다.

유가족은 고인의 유해를 아무에게도 보이지 않았다. 프랑스 경찰이 동원되어 떠나간 피카소의 프라이버시를 철저히 지켜주었다. 마지막 모습이라든가 가족에게 남긴 말이나 유언, 심지어는 어느 성당에서 장례식이 치러질 것인지에 대해서도 알려진 바가 없었다. 마호가니 관에 손잡이가 은으로 되어 있었다는 정도만 알려졌다. 피카소의 컬렉션이 800~1,000점 정도 루브르에 기증될 거라고 했다.

끊임없이 피카소의 사망 뉴스가 들려오는 가운데
수화는 멍한 얼굴로 앉아서는 말했다.
"세상이 적막해서 살맛이 없다."

사람은
꿈을 가진 채
무덤에 들어간다

1970년 3월 25일. 수화는 36″×34″ 그림 하나를 끝내고
밤에 72″×68″ 사등분점화를 시작했다.
햇살이 따사로웠고 그림도 순조로웠던 날인데
웬일인지 그는 일기의 마지막에 쓸쓸한 문장 하나를 덧붙였다.

"사람은 꿈을 가진 채 무덤에 들어간다."

피카소가 세상을 떠난 뒤
미국에선 워터게이트 사건이 터졌다.

수화와 향안은 피카소가 사라진 세상을

마음껏 아파할 기회조차 주지 않는
미국의 정치적 상황을 개탄했다.

동시에 둘이 함께 즐거웠던 프랑스에서의 날들을
아름답게 추억하였다.

1956년부터 1959년까지 같이 걷던 파리가 그리울 때면
향안은 자넷 플래너의 〈파리 통신〉 같은 글을 읽었다.
언젠가는 같이 그곳에 돌아갈 수 있을 줄 알았다.

그리운 곳은 또 있었다. 서울.
파리에서 불어를 모르는 남편을 위해
프랑스 신문과 예술 잡지를 번역해주고 라디오 뉴스를 통역해주었듯이
향안은 그림에만 몰두해 있던 수화에게 고국의 뉴스를 전해주었다.
둘은 함께 조국의 정치적, 경제적 상황을 걱정했다.
머지않은 어떤 날 꿈을 이루고 돌아가게 될 것을 부부는 굳게 믿었다.

하지만 1973년 봄 피카소가 세상을 떠나고 난 뒤
수화의 건강은 빠른 속도로 나빠졌다.

아내 향안이 살림이 어려운 가운데도 최선을 다해 돌봤지만

워낙 그림에 신경을 많이 쓴 탓에 가장 먼저 치아가 나빠졌다.
고통스런 치과 치료가 이어졌다.
이를 빼고 틀니를 끼니 통 식사를 하지 못했다.
향안은 고기를 아주 연하게 다져 수화에게 주었다.
간신히 넘기는 정도였다. 수화의 몸은 점점 약해졌다.

향안은 수화를 태우고 바다로 갔다.
쉬게 해주고 싶었다.

바닷가 솔밭에 누워 있으면 솔가루가
두 사람의 위로 떨어져 마치 담요를 덮은 듯 포근한 기분이 들었다.
나무 아래 누워서 쉬면 비로소 마음과 몸이 편안해졌다.
노력하면 좋아질 거라 믿었는데 다음엔 신경통이 문제였다.

수화는 그림에 보다 집중하기 위하여 서서 그림을 그렸다.
나이가 들면 쉽게 살도 찌고 건강을 망치기 쉬우니
서서 그림을 그리는 것이 운동도 되고 좋다고 믿었다.
똑바로 선 채 그리운 사람들의 이름을 마음으로 부르며 점을 찍어갔다.
높은 빌딩에 촘촘히 켜져 있는 도시의 불빛이거나
밤하늘에 가득한 별을 떠올리며 푸르고 노랗고 빨간 점을 찍다보면
아침에 시작했는데 어느새 밤이 깊어 있곤 했다.

하루종일 고개를 숙인 채 그림 앞에 서 있다보니 목에 무리가 왔다.
병원에서는 목 디스크라고 했다.
몸이 무거워지고 여러 곳이 저렸다.

병원에서는 수술을 권했다.
그대로 두어도 사는 데는 무리가 없을 것이나
통증은 사라지지 않을 것이니
그림을 그리는데 불편이 있을 것이라 했다.

수화는 그림에 욕심이 났다.
이제야 뭔가를 좀 할 수 있을 것 같았다.
자신만의 세계를 발견한 것 같았고
꿈꾸던 경지 어디쯤에 이르고 있는 것도 같았다.

그림에 더 정진하고 싶은 마음에
수화는 수술을 택했다.

"해가 환히 든다.
오늘 한 시에 수술.
내 침대엔 'Nothing by mouth'가 붙어 있다.
내일이 빨리 오기를 기다린다."

1974년 7월 12일. 수화의 일기.

다음 날 그는 목 뒤 척추를 수술 받았다.
이후의 일기는 적히지 못했다.

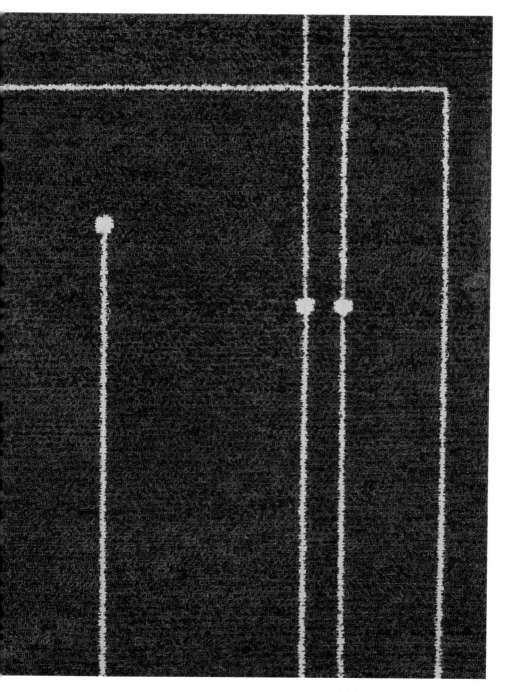

김환기의 마지막 유작, 〈7-VII-74〉, 1974

병원에서는 수술을 하면 좋아질 거라고 했다.
예전처럼 거뜬히 그림을 그릴 수 있을 거라 말했다.

아직 그리고 싶은 것이 많이 남아 있었으므로
수화는 수술을 받기로 했다.

수술 전.
아내 향안이 책 한 권을 남편에게 가져다주었다.
노자의《도덕경》이었다.

그리고 1974년 7월 13일. 향안의 일기엔 이렇게 적혔다.

"어제 수술.
가족실에서 3시간을 기다리고 7시 15분에야 다시 모습을 보다.
어쩌면 그런 병이 생겨서 그렇게도 아팠을까. 눈물이 자꾸 쏟아졌다.
2시에 오니 덜덜 소리를 내고 있다. 불쌍하기만 하다."

여기서 향안의 일기도 멈추었다.

1974년 7월 25일.
수화는 세상을 떠났다.

"우리는 이제 즐거움과 슬픔을 그와 같이 나눌 수 없다."

장례식 추도사에 빠지지 않는 한 마디가
향안의 마음에 오래도록 울렸다.
"세계 지도를 좀 연구하자. 우리도 여행하게."라던
수화의 음성이 귓가에 들리는 것 같았다.

지금 밤새로 한 장이오. 서울은 지금 15일. 저녁때 오후 세시
쯤 되는거야。너희는 잠 잘 때면 난 어디나 있고 나 잠잘
때면 너희는 이디나 있는거야。해 뜨는 ♨ 해지는 ♨
를 몰라네。지금 아 벌써 나 루 이。바보야。

ICE BOX에 RHEINGOLD (Beer)가 두 깡통 있었고
한껌 자리옥에서 사 놀 한 턴츠?? 를 마셔도 시원치가
안 아요。땀 올 흘리 ??

+ 꿀 씸썩 생각 나 요? 歲月

ICE BOX에 RHEINGOLD (Beer)가 두 깡통 있었고
촐 나 올드러가는,
지금 20시이 됐 나。
우 리 金剛山 에 갔 었지。獨逸 쨈 쨈 맛 +

가도 생각은 진실하니 ? 꽃 추하럼 쏟아지는
?? 이커, 너나 먹고 나나 달지

鄕卿에게

지금 밤 새로 1시야. 서울은 지금 15시. 그러니까 오후 3시가 되는 거야.
너희들 잠 잘 땐 난 일어나 있고 나 잠 잘 땐 너희들은 일어나 있는 거야.
ICE BOX에 RHEINGOLD(Beer)가 두 깡통 있었군.
한 겹짜리 옷에 싸늘한 액체를 마셔도 시원치가 않아요.
땀을 흘리며 푸른 산 속으로 들어가는 생각을 해.
참 20년이 됐나. 우리 금강산에 갔었지. 만폭동의 잣꿀범벅 생각나나?
세월은 가도 생각은 싱싱하니 폭포처럼 쏟아지는 마음을 너나 알고 나나 알지.
수화.

겨우 꿈에서나
만나지는
사람이었으나

1944년 수화와 향안은 결혼했다.
결합의 모토는 아름답게 사는 것이었다.

30년 내내 두 사람은 아름다운 것 속에 있었다.
생활의 주변을 아름다운 것들로 채웠고
지성으로 내면을 가꾸었으며
아름다운 것을 남기기 위하여 그림을 그리고 글을 썼다.

좋은 동반자로서 두 사람은 부지런히 나아갔다.
더 아름다운 세계를 만나게 될 것을 믿어 의심치 않았는데

거짓말처럼 한 순간
수화가 세상에서 완전히 사라졌다.

다시는 낮게 울리는 다정한 목소리를 들을 수 없었다.
그림 앞에 선 채 단단한 모습을 볼 수 없었다.
뉴욕의 가을은 여전히 아름다운데 공원을 같이 산책할 사람이 없다.
마음을 어디에 두고 살아야 할 지 알 수 없었다.

멍하니 두 달을 보내고 가을이 시작되려 할 무렵.
향안은 꿈에 수화를 만났다.
같이 버스를 타고 가다가 내렸는데 출구를 찾을 수가 없는 거다.
한참을 땅 속으로 내려간 뒤 수화가 표지 하나를 가리켰다.
VIA. R이라고 적혀 있었다. 그 너머에서 햇빛이 비쳤다.
드디어 출구를 찾았구나, 안도의 한숨을 쉬다가
향안은 잠에서 깼다. 깨어 생각했다.
'수화가 꼭 파리에 가라고 하는 것 같다.'

누워 있던 향안의 마음을 그렇게 수화가 일으켰다.
바로 채비를 하여 한 달 반 뒤 파리행 에어 프랑스에 몸을 실었다.
수화의 비석을 세우고 난 직후였다.

鄕岩에게

오늘처럼 행복했던 날은 없었던 것 같애.

피카소 소묘집, 브라크 화실, 그리고 신인들 작품, 또 무어의 조각 – 이렇게 한꺼번에, 나 이처럼 행복하고 감격했던 때는 없었던 것 같애. 그렇기에 모두들 파리, 파리하나 봐. 어떻게 이런 것들을 나한테 보내주었나!

정말 요즘 꼭 막혀서 비판만 했었는데 덕분에 일시에 나는 되살아난 것 같아. 아물아물 하던 것이 맑은 거울을 보는 것 같이 선연하고 개운하고 석 달 장마가 한순간에 걷힌 것 같아. 피카소는 하여튼 신이야. 도저히 당해낼 수 없는 인간이야. 그리고 브라크의 공방. 그대로 작품이고 즐거운 생활의 모습 아니야?

나도 파리에 가면 –.

1955년 10월 10일 쌍십자절. 밤 10시

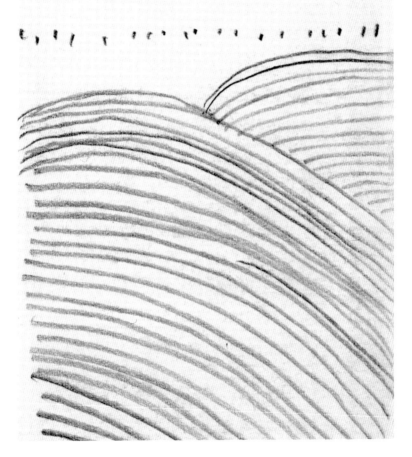

다시 파리

향안은
다시 일으킨 것은
수화있다

20여 년 만에 다시 돌아온 파리는 여전히 아름다웠다.

차가 많이 생기고 시끄러워지긴 했지만 해가 나면 눈에 보이는 모든 것이 꽃처럼 빛났다. 밤이 되어도 여전히 빛나는 것이 있어 감동을 주었다. 뉴욕에서도 자주 파리를 그리워하던 향안이었다. 다시 와보니 오래전과 그대로인 것들이 많아 고마웠다. 무엇보다 좋았던 것은 옛날과 똑같은 카페들이었다. 자주 가던 카페들이 거기 그대로 있었다. 예전부터 '카페가 있어 파리가 좋다.'던 향안이었다.

1974년 11월 6일 파리에 도착한 향안은
아침으로 크로와상과 커피를 주문했다.

커피는 오래전 수화와 함께 마시던
그때의 맛과 같았다.

수화는 유난히 커피를 좋아하여 하루에도 몇 번씩 직접 커피를 만들었는
데 아침이면 그가 물랭moulin에 원두를 넣고 천천히 갈아 내리는 소리가, 향
기가 좋았다. 파리 시절 수화는 커피를 가는 시간을 하루 중 가장 좋아했
었다. 평화롭다 했다.

파리의 가을도, 커피 맛도 오래 전과 같았으나
다정하던 수화가 없어 향안에게는 아무것도 느껴지지 않았다.

살아있다는 것도
살아왔다는 것도 실감나지 않았다.

"아무것도 맛있는 것이 없다. 너는 정말 죽은 것일까.
55년에, 또 64년에 나는 혼자 혼자를 만나러 오던 길.
신나게 비행기를 탔었는데 인생이 모두 거짓말 같다."

그날, 향안은 일기에 이렇게 적었다.

"사람 하나 사라졌을 뿐인데 우주가 텅 빈 것 같았다."

어디를 가도 이제 다시는
수화를 만날 수 없다는 걸 알면서도
향안은 파리에 왔다.

파리에서 보낸 3년을 두 사람은
생에 가장 아름답던 시절로 즐겁게 추억하곤 했었다.
같이 걷던 길들을 혼자 걸었다.

파리의 골목골목을 지나
둘이 두고두고 참 특별했던 곳으로 기억했던 남프랑스까지 찾아갔지만
기억이 아름다울수록 남편의 부재가 더 아플 뿐이었다.

아비뇽 성당에 가니 피카소 전시가 열리고 있었다.
함께 좋아하던 피카소의 그림을 혼자 보고 있자니
애절한 마음 깊어졌다.

둘은 천국에서 만났을까,
마주 앉아 웃었을까.

'피카소가 태양을 가져간 것처럼 이 세상이 삭막해졌다더니
너는 그를 따라간 것일까.

이렇게 나는 외롭고 아프다.'

일기장에 적고 잠이 들던 밤,
향안은 꿈에 다시 수화를 만났다.

꿈속의 수화는 건강해보였다.
아픈 것이 다 나아서 커다란 공을 굴리며 화실을 돌고 있었다.
향안은 수화를 붙들고는 그동안 일어난 이야기들을 다 전했다.
잠에서 깨니 마음이 좀 가라앉았다.

비밀 하나 없이 유난히 이야기가 많던 부부였다.
하고 싶지만 하지 못한 말들이 켜켜이 쌓여
가슴에 멍이 들던 참이었는데
살아가는 일이 너무 무거웠는데
꿈에서라도 이야기를 나누고 나니 살 것 같았다.

잠에서 깨어 향안은
이제부터 무엇을 해야 할 지 알 것 같았다.
비로소 일어날 수 있었다.

1955-20/12

가
까
이
안
돼
고
左
는
試
가
해
볼
거
기
X

X 左는 ○를 그려로인데 엷게그린것. 나는 右에 매력을느껴음. 바탕은
純白으로. 赤, 靑, 綠. 御岩도 눈이 영롱해지지록 했을거이음 그런 생각
에서는. 初覽의 突違로 後退 하지 않을수 없으니까 그러나 비밀리와서
그림을 봐주위음. 내그림에 감동이 됐닷다가도. 가라가는 회의가 생기
그래음. —— 왜, 그런지가 안드러보나 오늘도그런지가 없을가. 電報
안가면 그거로 順行돼여가는줄로 아라달라 했는데 그렇게면 맘을
없어음. 電報래로 기라려이라하나 안기라려이라하나 머리아픈증세
                    이는 비행이소리가 분명이그. 나 이 거

향안, 빨리 와야겠다. 이런 것 가지고는 실감이 안나니 이야기가 안 돼.

오른쪽은 시작해 본 거와 왼쪽은 전에 것 그대로인데 엷게 그려본 거야.

나는 오른쪽 그림에 매력을 느껴요.

바닥은 순백색이고 주로 빨강, 파랑, 녹색. 향안도 눈이 영롱해지지 못했을 거야.

서울의 바쁜 생활 속에서는 당신의 발달한 시각도 후퇴하지 않을 수 없겠지.

빨리 와서 그림을 봐주어요.

내 그림에 감동이 되었다가도, 가다가는 회의가 생기고 그래요-.

왜, 편지가 안 들어오나. 오늘도 편지가 없을까.

슬프다고 하여
향안은
멈추지 않았다

수화가 심고 향안이 물을 주던 그레이프푸르트 나무가 있었다.
비타민 C가 풍부하니 겨우내 감기 예방으로 먹으면 좋았다.
하얀 빛과 핑크색이 있었는데 두 사람은 핑크를 좋아하여 겨울이 되면
매일 핑크색 그레이프프르트를 사다가 설탕에 절여 차로 마시곤 했다.
그러다 한번은 씨를 말렸다가 빈 화분에 심었더니 얼마 후 싹이 났다.
점점 나무로 자라나 두 사람에게 기쁨이 되었다.
새파란 잎이 하늘거리며 부지런히 자라나
화분 여러 개로 나누어 심을 정도가 되었다.
좋아하는 사람들에게도 나눠주고 부부도 여럿 키웠다.

방이 푸른 식물원이 된 것 같다며 기뻐하였는데 이상한 일이었다.

씨를 심었던 수화가 세상을 떠나고 나자
나무가 싱싱한 모습을 잃었다.

남편을 보내고 경황 없이 지내다가
정신을 차려보니 시들어 있었다.
향안은 그제야 정신을 차리고 다시 정성을 기울였다.

머지않아 나무들은 살아났다.
다시는 시들게 하고 싶지 않아
아침에 눈을 뜨자마자 향안은 창가로 가서 나무에 물을 주고
푸른 잎들을 바라보며 대화를 나누었다.

나무보다 더 건강해진 것은 향안의 마음이었다.
보살피고 마음 줄 곳이 생기니 향안의 생활에도 활력이 생겼다.
수화는 다양한 방식으로 아내의 곁에 있었다.
누워 있던 향안을 일으키고 즐겁게 살아가야 할 이유가 되어주었다.

향안은 다시 단단해졌다.
해야할 일이 무엇인지 분명히 알았다.
그것은, 여전히 사랑하는 일이었다.

사랑으로 슬픔을 이기고 향안은
자신이 해야할 일을 하기 시작했다.

무엇보다 세상이 수화를 기억해주기를 바랐다.
잊지 않는 것에 그치지 않고 그의 가치를,
그가 그린 그림을 가치를 제대로 알기를 바랐다.
더 이해하기를 원했다.

이듬해 10월.
브라질 상파울루에서 김환기 〈회고전〉이 열렸다.
향안은 몇 번이나 뉴욕과 상파울루를 오가며 전시를 준비했다.
비용이 부족하여 또 빚을 얻어야 했지만 주저하지 않았다.

1976년에는 환기재단을 설립했다.
수화의 그림을 알리는 한편 수화의 예술 정신과 이름 아래
젊은 작가들을 발굴하고 이끌기 위해서였다.
교육자였던 남편의 뜻을 이어갔다.

1977년 2월에는 뉴욕에서 〈김환기〉전이 열렸다.
어느 때보다도 많은 사람들이 찾아왔다.

전시가 끝나고 며칠 뒤는 수화의 생일이었다.
향안은 꽃을 들고 남편의 무덤을 찾았으나
그날의 일기에는 슬픈 마음을 적지 않았다.
이후에도 향안은 생일이 되면 빼놓지 않고 수화를 찾아가
꽃을 전하며 세상에 와주었던 것에 감사했다.

6개월 뒤 향안은 다시 파리로 갔다. 이번엔 여행이 아니었다.
더 배워야 할 것이 있는데 그것이 파리에 있을 것 같아서였다.

자신의 방식으로 향안은 계속 부지런히 사랑을 했다.
계속 글을 써서 수화의 가치를 세상에 알렸으며
계속 전시를 열어 수화의 그림을 세상과 만나게 했다.
'그림은 사람하고 같은 공기를 마시고 같은 먼지를 쏘이며
생명체처럼 살아갈 때 비로소 광채를 발휘한다.'고 향안은 믿어왔다.

보다 좋은 전시를 하기 위해서는 공부가 필요하다고 느끼고
여러 나라를 다니며 수많은 미술관을 견학했다.
마땅한 장소를 찾으면 직접 전시를 기획했고
더 좋은 전시방법과 공간의 활용을 궁리했다.

향안 스스로 그림을 그리기도 했는데

수화가 화실에 남기고 간 빛깔들을 볼 때면
"너도 같이 그림을 그리면 좋지 않니?"라던
다정한 목소리가 들리는 것 같아서였다.

당시에는 일이 바빠 엄두를 내지 못했는데 혼자 남으니 여유가 생겼다.
완성된 그림에는 〈생 폴 드 방스〉, 〈보브나르그〉 같은 제목을 붙였다.
남편 수화와 함께 걷던 곳이었다.
1957년의 남부 프랑스 여행은 얼마나 아름다웠던가.
수화와 함께 사랑하던 피카소를 떠올리게 하는 이름이기도 했다.
붓을 들 때마다 향안은 남편을 느꼈다.
그림이 어느 정도 모아진 뒤엔 주변의 권유에 따라
자신의 전시를 열기도 했다. 예술에 대한 이해는 점점 깊어졌다.

사랑하여 노력하는 동안 향안의 지성은 날로 커졌고
수화의 그림에는 미래가 생겼다.
그 점은 살아 있을 때와 다를 바가 없었다.
전시가 거듭되자 그림을 보러 오는 사람들이 늘어났다.
세계 곳곳의 사람들이 박수를 보내왔으니
향안이 있어 수화의 미래는 점점 밝아질 것이 분명했다.
두 사람은 여전히 서로에게 영향을 미치고 있었다.

김환기, 〈14-Ⅲ-72 #223〉, 1972

누님에게

어젯밤은 새벽 3시까지 그림을 꾸몄지.

고무로 깨끗이 때를 지우고 보니 참 아름다워요. 모두 44점.

하나하나가 생각이 나요. 학장실에서 짬짬이 연구실에 내려가 그린 것들이고, 여름 동안 마음 둘 곳 없어 그냥 장난한 것. 그리고 떠나올 무렵 아침 일찍이 나가 그린 것들. 이것만 가지고도 훌륭한 전시가 되겠는데. 간단히 매트만 끼웠어요. 꾸미지 않은 것도 이만큼 있거든.

그림이라는 것 참 재미나는 거야.

1963년 12월 12일 금요일 오후 3시 30분

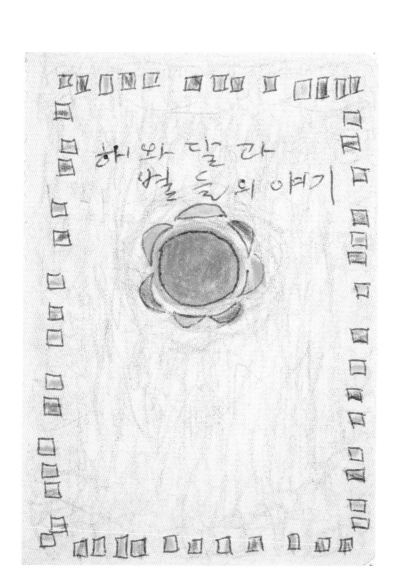
해 와 달 과
별 들 의 얘기

우리들의
파리가
생각나요

1984년. 서울에서 〈김환기 10주기〉전이 열렸다.
세계 여러 나라를 오가던 향안으로서는 미처 생각하지 못한 일이었으나
'서울의 젊은 미술인들에게 수화의 그림을 보여야 한다.'고
권하는 사람들이 있었다.

서울의 국립현대미술관이 주최를 하는 것이니
향안은 찬조만 하면 된다고 해서
환기재단이 소장하고 있던 그림 2점과
구겐하임 미술관이 소장하고 있는 그림을 빌려 전시에 참여했다.

서울에 보관된 작품이 꽤 되었으니

합하면 충분히 회고전이 될 것이라 믿었는데

서울에 도착해보니 잘 보관되고 있는 줄 알았던 〈어디서 무엇이 되어 다시 만나랴〉, 〈호월〉, 〈산월〉, 〈나무와 달〉 등이 팔리고 없었다. 유럽에서는 전시를 앞두고 대여를 부탁하면 소장가들이 그림을 빌려주었는데 서울의 소장가들은 달랐다. 대여를 거절했다. 결국 대표작인 〈어디서 무엇이 되어 다시 만나랴〉가 빠진 상태로 〈김환기 10주기〉전이 열렸다.

여기저기서 불평의 소리가 높은 가운데 향안은
자신이 가진 수화의 작품을 세계의 미술관에 기증을 하겠다고 다짐했다.
보관을 잘 해줄 곳이 필요했다.

2년 뒤인 1986년.
향안은 파리의 퐁피두센터에 기증 의사를 밝혔다.

기증을 한다고 해서 다 받아지는 것은 아니었다.
게다가 세계 미술의 중심이었던 파리였다.
꽤 긴장을 한 채로 회신을 기다렸는데 퐁피두센터에서
'기꺼이 구입도 하고 기증도 받겠다.'고 답이 왔다.
향안은 다섯 폭을 기증하기로 했다.

다음 해인 1987년 5월.

파리에서 〈김환기 뉴욕 10년〉 전시가 열렸다.

미술성美術省 사람들의 거의 전부가 참석을 했다.

유명한 화상이며 비평가와 작가들이 전시회장을 가득 채웠다.

사람의 손으로 어떻게 이런 그림을 그릴 수 있는가,

처음 보는 종류의 그림이다, 찬사가 높았다.

파리 전시가 끝나면 유럽 여러 나라를 돌며

미술관에 수화의 작품을 기증하려 했었으나

전시를 하는 동안 향안의 생각이 바뀌었다.

남의 집을 빌리지 말자,

우리 집을 만들고 미술관을 만들자 싶어졌다.

자신만의 화랑을 갖는 것은 수화의 오랜 소망이기도 했다.

같은 해 11월. 향안은 짧은 일정으로 서울에 들렀다.

미술관 대지를 보기 위해서였다.

1992년 11월 5일 서울 부암동.

수많은 고비를 넘어 마침내 환기미술관이 문을 열었다.

향안의 생각과 손길이 닿지 않은 곳이 없었다.

하얀 건물에 파란 창문은 수화의 대표작
〈어디서 무엇이 되어 다시 만나랴〉를 닮아 있었다.

김환기 20주기 전시도
결혼 50년이 되는 금혼 기념전도
환기미술관에서 열렸다.

많은 사람들이 이곳에 들러
수화의 그림과
공간에 녹아 있는 향안의 향기를 느꼈다.
아름다운 것을 마음에 품고 돌아갔다.

'아름답게 살자'던 결합의 모토, 사랑의 약속은
수화가 세상을 떠난 뒤에도 계속 지켜졌다.

향안은 2004년 2월 29일. 수화를 따라갔다.
그의 곁에 묻혔다.

아내에게

산에 가니 우연히 우리가 살 집이 생각나지더군.

우리가 살 집을 짓는다면 역시 정원이 넓어야 하는데 한쪽에 서양건물을 짓고
어디 구석 아늑한 자리에는 한식집을 꼭 지어야 해. 조그맣고 수수한 집으로 말이
야. 그러나 제대로 한식으로 지어야지. 재목은 강원도 등지에서 사와야 하고-. 안방,
대청, 건넌방, 부엌, 그리고 툇마루. 이렇게 순 우리식으로 짓는 거야. 그곳은 외부
사람은 들어오지 못하는 곳으로 하자.

그러나 여러 가지 생각 끝에 결론에 이르자 문득 이런 질문이 들어. 집이 다 뭐냐,
통일은 언제 올 거고?

1955년 10월

지금NEW YOR

추워요. 그러니

韓岸 에게

는 바람이 불고

이러오

몽파르나스와 페르 라세즈
그리고
님아, 그 강을 건너지 마오

여행을 가면 빼놓지 않고 들러보려고 하는 곳이 공동묘지입니다. 되도록 시간을 넉넉히 두고 가서 느리게 걷다가 옵니다. "공동묘지에 가서 20분을 걸으면 슬픔이 거의 가라앉는다. 묘지를 산책하면 삶의 지혜를 자동적으로 얻게 된다." 에밀 시오랑이 했던 말이 어떤 뜻인지 굳이 머리로 생각하지 않아도 온몸으로 느낄 수가 있습니다.

몽파르나스 묘지와 페르 라세즈 묘지. 한 번 가서 좋았고 두 번 갔을 때도 좋아서 근처를 지날 때면 자석처럼 그곳으로 마음이 끌렸습니다. 구름 한 점 없이 맑은 날에도 가고 흐린 날에도 가고 비가 내리던 날에도 갔습니다. 하늘의 풍경이 어찌 바뀌든 공기는 변함없이 차가워 어깨를 움츠리고 드넓은 묘역을 걷고 있으면 하얗게 입김이 번졌습니다.

불어지는 입김에서 나는 아직 뜨거운 사람이고 이렇게 살아 있는데 보들레르, 만 레이, 모파상, 쇼팽, 모딜리아니, 발자크, 에디트 피아프, 알퐁스 도데, 오스카 와일드, 마리아 칼라스, 짐 모리슨, 아름다운 것을 세상에 남긴 사람들은 저 땅 안에 있구나 아련하고 쓸쓸한 기분이 들기도 했습니다.

아무리 위대한 사람이라도 비껴갈 수 없는 시간의 흐름을 생각했고 그 흐름 속에서 나는 어떤 것을 남기고 갈 수 있을까 생각이 많아지기도 했습니다. 아련하고 쓸쓸한 기분이 들기도 했고 나는 어떤 아름다운 것을 남기고 갈 수 있을까 생각이 많아지기도 했습니다. 페르 라셰즈에 가던 날엔 영화 〈Paris, Je T'aime〉에 나오던 오스카 와일드의 묘가 생각나서 찾아갔었고 몽파르나스 묘지를 걸을 때는 시몬 드 보부아르와 장 폴 사르트르가 나란히 묻힌 곳에 한참을 서 있었습니다. 발걸음이 떨어지지 않아 오래 멈춰 있다가 가방에서 펜 하나를 꺼내 비석 위에 올려두었습니다. 그리고 하나의 단어를 얻었죠. 소울메이트. 내가 인생에서 꼭 얻고 싶은 것이 무엇인지 깨닫던 순간이었습니다.

사르트르와 보부아르의 무덤 앞에서처럼 파리를 여행하는 내내 저의 마음은 하나의 짧은 글 앞에 자꾸 가서 멈춰 섰습니다. 1977년 5월 20일. 김향안 여사의 일기였죠.
"5월의 사랑, 꿈, 아름다운 자연을 같이 나눌 사람은 하나밖에 없었던가. 한 사람이 가고 나니 5월의 이야기를 나눌 사람이 없다.
별들은 많으나 사랑할 수 있는 별은 하나밖에 없다."

특별한 감흥이 찾아온 것은 생 루이 섬 한 쪽에서였습니다. 이미 읽었던 글인데 그날은 12월이 다 되었지만 5월인 것처럼 햇살이 찬란하고 풍경이 특별히 아름 다웠던 탓인지 유난히 마음에 닿아와서 울컥 눈물이 터지고 말았습니다. 아무 리 사랑해도 결국은 이별이라는 것, 그 사랑이 특별히 특별하고 함께 하는 시간 이 혹 남보다 길게 허락된다고 하더라도 죽음이 두 사람을 갈라놓을 때까지일 뿐 결국은 이별이라는 사실이 왜 그리 아프게 닿아오던지. 한참을 울다가 돌아 가 부은 눈을 가라앉히고는 좋아하는 사람을 찾아가 그날은 유난히 많이 웃었 고 많이 웃게 해주기도 했습니다. 우리가 함께할 시간도 영원하지 않을 것이니 지금 여기서 되도록 행복해야 할 것 같아서. 그날, 이런 말도 했었어요.

"파리에 와서 내가 보았던 것 중에 가장 아름다운 것은요, 손잡고 다니는 할아 버지 할머니들이에요. 오늘도 까르띠에 재단 미술관에 갔다가 손을 꼭 잡고 그 림을 보며 이야기를 나누는 노년의 부부를 여럿 보았어요. 유난히 프랑스에 그 런 커플이 많은 것 같아요. 전 그게 참 예쁘게 느껴져요. 정말 보기 좋아요."

나이가 들어도 여전히 함께 있는 것.
여전히 건강하고, 여전히 다정하고, 무엇보다도 여전히 할 이야기가 많은 것.
그것이 남은 인생에 대해 품은 나의 가장 간절한 소망임을 알았습니다. 파리의
미술관이며 공원. 주름진 손을 꼭 잡고 걷는 노부부의 모습들을 보면서.
그리고 또 알았습니다. 오래 함께하는 행복이란 동시에 언젠가는 만나게 될,
피할 수도 없고 극복할 수도 없을 상실의 아픔을 내포하고 있다는 것.

아마 소울메이트를 만나 생의 끝까지 가기를 바라는 마음이 하루하루 커지던 중이라서였나봅니다. 자꾸 사랑이 특별하여 이별도 특별히 아팠을 김향안 여사의 마음이 되곤 했습니다. 어느 날 몽블랑에 도착한 김향안 여사는 5월의 아름다운 어떤 날 그랬던 것처럼 세상을 떠난 남편을 그리워하였습니다. 김환기 화백이 그토록 보고 싶어하던 설산인데 살아 있을 때 보여주지 못한 것이 미안했습니다. 눈앞의 풍경이 아름다우면 아름다울수록 같이 나누지 못하는 것이 더 슬펐습니다. 향안 여사에 비하면 작고 어린 것이었겠지만 조금은 비슷했던 것도 같습니다. 말로는 다 전할 수 없고 사진에도 다 담을 수 없는 아름다운 풍경을 혼자 볼 때면 저의 마음도.

자꾸 무덤 앞으로 가 서 있던 마음과 비슷했던 것 같습니다. 서울에 도착하자마자 가장 먼저 영화관을 찾아가 〈님아, 그 강을 건너지마오〉를 보았던 것. 영화의 마지막 장면. 76년을 내내 연인으로 살았던 할아버지를 보내고 할머니는 차가운 무덤 앞에 앉아 통곡하며 하나의 문장을 반복했습니다.

"이제 누가 기억해주노. 이제 누가 기억을 해주노."
기억. 세상을 떠날 때 가장 슬프고 두려운 것이 잊혀지는 것이라고 하더니.
"누가 기억해주노, 누가 기억을 해주노." 허리가 꺾이도록 슬퍼하며 울고 있는 할머니의 뒷모습을 보며 알 것 같아졌습니다. 남편을 떠나보내고 김향안 여사가 해냈던 그 많은 일들의 의미. 그토록 부지런하게 꼼꼼하게 해나갔던 이유.

그것은 계속되는 사랑이었습니다.

한 사람이 세상을 떠나도 여전히 계속되는 사랑이었습니다.

사랑에
대한
모든 것

유럽을 여행 중일 때 영화 〈The Theory of Everything〉이 개봉을 했습니다. 우리나라에선 〈사랑에 대한 모든 것〉이라는 제목으로 소개되었죠. 천재 물리학자 스티븐 호킹의 인생을 담고 있는데 초점은 사랑에 맞춰져 있습니다. 천재성을 가졌지만 마음 약한 남자가 지혜롭고 강인한 여자를 만나 사랑한 덕분에 끝내는 위대한 것을 이룬다는 내용입니다.

대학 시절 스티븐은 한 파티에서 제인이라는 여학생을 만납니다. 둘은 처음 만나는 순간부터 서로에게 끌렸습니다. 한 사람은 물리학도였고 한 사람은 시를 전공하는 인문학도였지만 잘 통했습니다. 스티븐은 제인이 들려주는 시 속에서 우주의 원리를 떠올렸고 제인은 스티븐을 통해 별 너머의 세상을 꿈꿨습니다. 참 좋은 커플이었고 열정적으로 사랑했지만 마냥 행복하지만은 못했습니다.

어느 날인가부터 스티븐은 툭하면 넘어졌습니다. 신발끈을 묶는 것이 어려워지는가 하면 발음이 제대로 되지 않았습니다. 결국 쓰러져 버린 날. 스티븐은 시한부 인생을 선고 받았습니다. 루게릭 병이 진행되고 있으니 기껏해야 2년 정도 남았을 거라고 했죠. 장기가 마비되고 호흡이 정지될 것이었습니다.

기숙사로 돌아온 스티븐은 방에서 나오지 않았습니다. 제인의 연락도 받지 않았어요. 기다리고 걱정하다 지친 제인이 기숙사를 찾아왔습니다. 스티븐의 방을 벌컥 열고 들어와 이유를 따져 물었죠.

스티븐이 대답했습니다.
"나 루게릭에 걸렸어. 앞으로 2년 밖에 살 수 없대."
그때 제인이 했던 말이 잊혀지지 않아요.
"그래서 뭐? 크로켓이나 하러 가자!"

분명 놀랐을 텐데 제인은 조금도 흔들림 없이 가볍게 말했습니다. 루게릭 따위무슨 상관이냐, 정말이지 아무렇지도 않다, 평소 하던 대로 인생을 즐기자고 정말이지 아무렇지도 않다는 얼굴로 말이죠. 스티븐은 웃었고 정말로 밖으로나가 제인과 크로켓을 했습니다. 그리고 둘은 결혼을 했어요. 제인은 변함없이상황을 긍정했고 계속 남편을 응원했습니다. 아이들이 계속 태어났고 스티븐의연구 또한 하나씩 결실을 맺어갔습니다. 다리가 마비되면 휠체어를 탔고 팔이마비되자 휠체어를 전동으로 바꾸었습니다. 손이 마비되어 글씨를 쓸 수 없게 되자 손가락 끝을 두드려 소통하는 법을 개발했습니다.

병이 깊어져도 그들은 반드시 해결할 방법을 찾아냈습니다. 2년 남았다던 삶은 10년이 넘도록 지속되었고 스티븐은 시간에 대해 공부를 해나갔습니다. 아내의 사랑 속에서 그는 알았습니다. 시간이란 상대적인 것이며 인간에게 한계란 주어진 것이 아니라는 것.

《시간의 역사》라는 책을 쓰고 인터뷰를 하며 스티븐 호킹은 말했습니다.

"세상에는 뭔가 특별함이 있다. 그것은 경계가 없다는 것이다. 인간의 노력에 한계는 없다. 우리는 무언가 할 수 있고 생명이 있는 곳에, 희망도 있다."

스티븐 호킹은 존재 자체로 인류에게 희망이 되었습니다.

그러나 이 놀라운 천재 물리학자를 우리는 만나지 못했을 지도 모릅니다. 절망에 빠져 주저앉은 그에게 담담하고도 단호하게 "크로켓이나 하러 가자."라고 말하던 제인이 없었다면.

기적을 만든 것은 하늘이 아니었습니다.

지극한 사랑이었습니다.

조르주 상드의
편지

"조르주 상드가 떠오른다."

김향안 여사에 대해 이야기를 하니 한 친구가 말했습니다.

조르주 상드. 그때까지는 쇼팽의 연인 정도로만 알고 있었습니다. 상드와 함께한 9년이 쇼팽 음악의 전성기였다죠. 쇼팽 이전에는 시인 뮈세가 있었습니다. 뮈세는 상드와 사랑하고 이별을 하는 과정에서 훌륭한 시들을 써냈고 한순간 대단한 주목을 받았지만 상드와 영영 멀어지고 나서는 빛을 잃었다고 했습니다. 쇼팽과 뮈세 외에도 플로베르, 들라크루아를 비롯, 무려 2천 명이나 되는 예술가와 지성인들이 상드와 우정을 나누고 사랑을 했다고 하는데 대체 그들은 무엇에 이끌렸던 것일까요. 상드는 어떤 매력을 품었길래 그토록 빛이 났던 것일까요.

베르가모. 이탈리아의 작지만 참 아름다운 도시.

산 아래 소박한 숙소에서 밤새도록 조르주 상드가 남긴 편지를 읽었습니다.

사랑의 화신이고 예술가들의 뮤즈이기 이전에 소설가였던 상드는 좋아하는 사람들과 편지를 많이 교환했다고 합니다. 다행히 편지를 묶은 것을 전자책으로 구할 수가 있었어요. 아마도 친구는 예술가에게 큰 영감을 주었다는 점에서 두 여성을 함께 떠올렸던 것 같습니다. 솔직하고 강인한 의지를 가졌다는 것도 서로 닮았죠. 하지만 저는 상드의 편지 중 이 문장에 밑줄을 그었습니다.

"당신은 나를 많이 사랑하지만 그 사람은 나를 잘 사랑해요."

종종 연인에게 "나를 얼마나 많이 사랑하는가" 물을 때가 있었습니다.

"내가 너를 얼마나 많이 사랑하는가"를 증명하려던 때도 있었죠.

하지만 상드는 다른 것을 말하고 있었습니다.

많이 사랑하는 것보다 잘 사랑하는 것이 중요하다.

김향안 여사와 조르주 상드.

제가 그 둘 사이에서 발견한 가장 닮은 점은 바로 그것이었습니다.

잘 사랑하는 일의 가치를 아는 것.

상대에게 정말로 필요한 것이 무엇인지를 알고

가장 힘이 될 것을 주려고 최선을 다하며
그들은 사랑을 했습니다.
잘, 사랑했습니다.

세바스치앙 살가두와
렐리아 와닉 살가두

김환기 김향안 두 분의 사랑에 대해 읽고 공부하면서 자주 떠오르던 커플이 있었습니다. 현존하는 최고의 다큐멘터리 사진가 세바스치앙 살가두와 그의 아내 렐리아 와닉 살가두.

세바스치앙은 브라질 작은 농장주의 아들로 태어났어요. 아버지는 나무를 키워 아들을 가르쳤죠. 세바스치앙은 대학에 가길 원하지 않았지만 아버지의 뜻에 따라 상파울루 대학에 진학, 경제학을 전공합니다. 다큐멘터리 작가로 활동하는데 경제학적 지식은 큰 도움이 됐습니다. 세계를 자본과 힘의 논리로 해석할 수 있었으니까요.

대학생이 된 세바스치앙은 스무 살이 되던 해 프랑스어를 공부하러 알리앙스 프랑세즈에 갔다가 렐리아를 만났습니다. 렐리아는 17살밖에 되지 않았지만 프랑스어가 완벽했고 이미 초등학교 교사로 일을 하고 있었습니다. 피아노도 잘 쳐서 강습도 하고 있었고요. 세바스치앙은 렐리아의 아름다운 모습과 지성에 반했습니다. 3년 뒤인 1967년 두 사람은 결혼을 했고 지금까지 함께 살고 있습니다.

당시 브라질은 군사정권 하에 신음하고 있었습니다.
두 사람은 정치적으로 같은 입장을 취했어요. 모든 반독재 집회와 저항운동의 현장에 함께 있었죠. 당시 급진적인 젊은이들 가운데는 외국에 나가 공부를 하면서 국외 활동을 펼치는 사람들이 많았습니다.
두 사람도 결혼 직후 브라질을 떠나 인권과 민주주의의 종주국, 프랑스로 떠났습니다. 파리에 도착했을 때 두 사람의 눈에는 모든 것이 신기하고 놀랍게 보였습니다. 파리에서 그들은 '연대'의 소중함을 알았습니다. 프랑스 내에 있는 동포들을 모으고 브라질 망명자를 위한 기금을 마련하기 위해 유럽 각지를 함께 다녔죠.

가장 아름다운 연대는 부부 사이에 일어났습니다.
두 사람은 서로에게 끊임없이 영향을 미쳤고 서로의 꿈이 이루어지도록 최선을 다했어요. 세바스치앙의 손에 카메라를 들려준 것도 아내 렐리아였습니다. 건축학도였던 렐리아는 건물 사진을 찍기 위해 카메라가 필요했습니다. 둘은 같이 가서 펜탁스 스포토매틱 II를 샀습니다. 당시 세바스치앙은 사진에 대해 아무것도 몰랐지만 카메라를 손에 드는 순간 전율을 느꼈고 푹 빠져 들었습니다. 사흘 후엔 새로운 렌즈를 샀고 계속 사진 장비를 사들였습니다. 아내는 남편의 열정을 이해하고 빠듯한 살림에 대해서는 언급하지 않았습니다. 오직 응원했죠. 파리로 돌아온 뒤 세바스치앙은 시테 섬에 작은 현상소를 열었습니다. 얼마 후엔 하던 일을 그만두고 본격적으로 사진 일을 시작했습니다. 보도사진을 찍어 상을 받게 되자 장비들을 더 사들였고 아프리카로 여행하는 꿈을 꾸었습니다.

1971년 세바스치앙은 파리에서 경제학 박사과정을 수료하고 런던 국제커피기구에 취직했습니다. 아프리카에 출장을 갈 일이 많아졌죠. 아프리카에서 세바스치앙은 자신의 낙원을 찾았습니다. 그곳이 꼭 정치적 이유로 돌아가지 못하게 된 고국 같았거든요.

결국 안정된 직장을 그만두고 전업 사진작가가 되어 유니세프, 국경없는 의사회, 적십자사, 국제연합난민기구 들과 같이 세계의 가장 아픈 곳을 다니며 촬영을 했습니다. 세바스치앙은 가난하고 고통 받는 사람들과 동고동락하며 사진을 찍는 방식을 고수했습니다. 때문에 아이들 셋이 태어나는 동안 아내 곁에 있어주지 못했죠. 아이들은 10년이 넘도록 아버지의 얼굴을 거의 볼 수 없었습니다만 아내는 여전히 남편을 응원했습니다.

그들은 아주 가끔 만났고 편지로만 소통할 뿐이었지만 세바스치앙을 가장 잘 이해하는 것은 언제나 렐리아였습니다. 생각을 이해하고 작품을 이해할 뿐 아니라 미래를 같이 그려갔습니다. 아내가 다음 사진 작업의 콘셉트를 잡거나 방향을 제시하면 남편은 귀를 기울여 들었습니다.

그러다 르완다에서 자행되는 대량 학살의 현장에 서게 됐을 때 세바스치앙은 자꾸 울었습니다. 세계의 가장 아픈 곳을 찾아다닌 그였지만 그가 보기에도 그것은 너무나 잔혹한 광경이었으니까요. 눈물이 터져서 카메라를 내려놓는 일이 많았습니다. 급기야는 몸이 몹시 아팠는데 전염병에 걸리거나 한 것은 아니었습니다. 영혼이 부서졌기 때문이었습니다.

그즈음 브라질에 살던 아버지가 돌아가셨습니다. 어머니를 떠나보내고 얼마 안 돼서였죠. 독재정권이 무너져 10여 년 만에 겨우 가족을 만날 수 있게 됐는데 함께 할 수 있는 시간은 짧기만 했습니다. 하나뿐인 아들로서 세바스치앙은 아버지가 남긴 산을 물려받았습니다. 세바스치앙이 어렸을 때는 거대한 산이 모두 살가두 집안의 나무로 가득 채워져 있었는데 그가 물려받은 것은 민둥산이었습니다. 이상기후로 가뭄이 길어져 숲이 사라진 것이었죠.

부서진 영혼 위에 상실의 아픔까지 더해졌으니 세바스치앙은 이제부터 무엇을 해야 할지, 무엇을 할 수 있을지 알지 못했습니다. 그때 렐리아가 놀라운 제안을 했습니다.

"우리, 숲을 다시 만들어보면 어떨까?"

끝도 보이지 않을 만큼 거대한 산이었습니다. '무모하다'며 고개를 저을 법도 한데 세바스치앙은 언제나 그랬듯 아내의 말을 귀 기울여 들었고 실천에 옮겼습니다. 살가두 가족은 정말로 나무를 심기 시작했고 열대림 만드는 법을 익혔습니다. 작은 묘목들로 시작했는데 기적이 일어났습니다. 누렇게 마른 흙뿐이던 산에 나무가 우거졌습니다. 나무가 자라자 땅 위로 물이 흐르기 시작했고 동물들도 돌아왔습니다.

인스티투토 테라.
그들이 다시 일군 농장의 이름입니다.

살가두 부부가 만든 숲은 이제 국립공원이 되었습니다. 수많은 사람들이 찾아와 인간의 작은 손으로 얼마나 위대한 일을 이뤄낼 수 있는지 피부로 느끼고 돌아가곤 합니다. 자연을 훼손시킨 것도 인간이지만, 회복시킬 것도 인간이라는 것을 인스티투토 테라는 증명하고 있습니다.

숲에서 보낸 시간은 세바스치앙의 사진세계도 바꿔놓았습니다.
그는 사람에서 자연으로 시선을 돌렸고, 환경 문제에 관심을 두게 됐지만 이전처럼 현실을 적나라하게 고발하는 방식을 택하지는 않았습니다. 대신 자연의 위대함을 찬양하기로 했습니다. 지구의 절반은 아직 태초의 모습을 간직하고 있습니다. 세바스치앙은 오지를 떠돌며 본래의 지구가 얼마나 아름다운지를 사진에 담는 중입니다. 사진을 통해 자연의 아름다움과 위대함을 직접 보게 하려는 것입니다. 동시에 계속해서 나무를 심어 회복의 가능성에 대해 말하고 있습니다.

세바스치앙은 행동으로 말하고 있는 것입니다. 아직도 늦지 않았다는 것.
우리 한 사람 한 사람의 작은 실천에서 거대한 기적이 시작된다는 것.

자신이 이룬 기적에 대하여 세바스치앙 살가두는 본인의 인생을 기록한 책《나의 땅에서 온 지구로》에 이렇게 적었습니다.

'이 모든 기적이 사랑하는 여자와 내 삶의 전부를 함께했기 때문에 가능한 일이었다. 내 눈에는 렐리아가 아직도 참 곱다.'

à

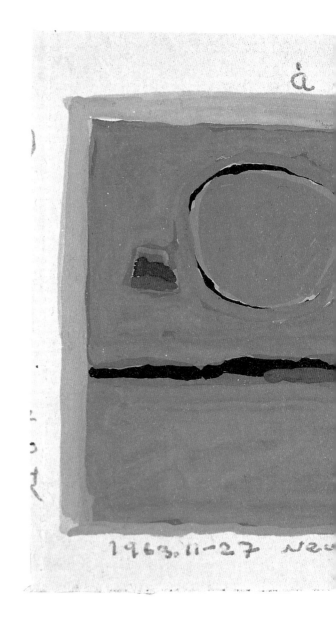

1963.11-27 Neu

whænki

whænki

김환기와 김향안
그리고
사르트르와 보부아르

김환기, 김향안 두 분의 삶을 읽고 상상하고 느끼며 파리의 골목골목을 걷는 내내 저의 마음에 울리던 단어 하나가 있었습니다. 소울메이트, 영혼의 동반자. 누구나 갖기를 원하지만 아무나 가질 수는 없는 상대. 저에게 두 분은 아름답고 이상적인 커플이었으니 소울메이트라는 단어를 기꺼이 써도 좋을 것 같았습니다.

두 분이 사랑했던 모습을 보면 또 다른 커플이 종종 떠올랐어요.
세기의 연인이며 세기의 지성이었던 장 폴 사르트르와 시몬 드 보부아르. 파리라서였는지도 모르겠습니다. 생 제로망 데 프레며 카페 드 플로르, 카페 뒤 마고. 길을 걸을 때 툭하면 만나지는 이름이었으니까요. 두 사람 사랑의 역사를 찾아 읽었습니다.

1929년 두 사람은 철학 교수 자격시험에 합격을 한 뒤 빠르게 친해졌다.

둘은 온갖 주제로 수많은 대화를 나눴다.

이 때 보부아르의 관심을 끈 것은 사르트르의 태도였는데 보부아르는 누구를 만나도 가장 앞에 자기 자신을 두는 타입이었다. 그동안 만난 사람들은 한결같이 보부아르를 자신의 체계 안으로 끌어 들이려 애를 쓰다가 보부아르가 쉽게 넘어가지 않으면 짜증을 냈는데 사르트르는 달랐다. 항상 보부아르 편에서 이해하려고 애썼고 그런 태도에 보부아르는 편안함을 느꼈다.

흔히 알고 있는 계약결혼은 '임대'라는 말로 시작됐다. 사르트르는 군에 입대하기 전날 밤 보부아르에게 2년 임대를 제안했다. 결혼이라는 단어 대신 사용한 것이었다. 2년 임대가 끝난 뒤 두 사람은 계약기간을 평생으로 갱신했다.

임대에는 세 가지 조건이 있었다.
'자유를 보장할 것, 비밀 없음, 그리고 헤어지지 않을 것'이었다.
두 사람은 사랑이 소유가 아니라고 굳게 믿었다. 자유로운 존재로서 상대를 사랑하는 것이 진짜라고 생각했다. 관계는 최대한 투명하게 유지했다. 서로의 감정을 존중하되 어떤 비밀도 있어서는 안 된다고 여겼다. 그래야 상대를 최대한으로 이해할 수 있기 때문이었다.

두 사람은 함께 글을 쓰는 사람으로서 서로의 멘토가 되어주었고 무자비한 언론이나 세상의 공격 앞에서는 같은 마음으로 대항했다. 둘은 서로에 대한 최고이며 최상의 지지자로 살았고 사르트르가 세상을 떠날 때까지 51년을 함께 함으로써 헤어지지 않겠다는 약속을 지켰다.

6년 뒤 보부아르도 세상을 떠났다.

자유를 존중하기 위해 호텔 방마저 따로 얻던 두 사람이었지만 보부아르는 가족묘에 들어갈 것을 거부하고 사르트르와 같은 곳에 묻혔다. 평생을 함께 하겠다는 약속은 계속 지켜졌다.

흥미로운 것은 자유를 인정하되 비밀이 없을 것이라는 항목이었어요.
인정해주어야 할 자유 중에는 사랑의 자유도 있었으니까요. 다른 사람을 만나 사랑하게 되어도 비밀 없이 모든 것을 이야기해야 했으므로 두 사람은 종종 서로에게 깊은 상처를 주기도 했습니다만, 그러나 생의 끝까지 서로를 떠나지 못했던 것은 '대체 불가능한 존재'가 되었기 때문이었습니다.
서로가 아니면 누구와도 그처럼 통할 수 없었습니다. 그처럼 깊이 대화를 나눌 수 없었고 그처럼 이해할 수도 없었습니다. 남자와 여자이기 이전에 인간으로서 둘은 서로를 온전히 믿었습니다. 모든 어려운 순간에 변함없이 서로를 지지했고 모든 중요한 순간에는 서로의 곁을 지켰습니다. 누구로도 대신 할 수 없었고 계속해서 서로를 필요로 했으므로 복잡한 일련의 사건들에도 불구하고 사르트르와 보부아르는 서로를 놓을 수 없었습니다.

'사랑이란 지성이다.'라는 문장 아래 함께 했던 두 사람.
김환기 김향안 부부 역시 그랬습니다.

상대를 독립된 존재로 인정했고 존중했으며 대화가 많았고 비밀이 없었죠.
게다가 서로에게 오직 하나의 남자, 하나의 여자로 평생을 끝까지 사랑했습니다.
많이 사랑하는데 그치지 않고 잘 사랑하려 노력했으며 순간의 감정 위에만 사랑을 두지 않고 오래 가는 이해 위에도 사랑을 두었습니다. 때문에 쉽게 흔들리지 않았으며 서로에게 좋은 영향을 주기 위해 노력했습니다.

남편은 아내에게서 삶을 개척하는 용기를 얻었고 아내는 남편을 위해 노력하는 동안 스스로도 성장하여 결국엔 독립된 존재로서 자신을 세웠습니다. 세상이 남편의 이름을 기억하게 하는 동시에 스스로도 충분히 빛나는 존재가 되었습니다.

사르트르와 보부아르가 자주 묵던 미스트랄 호텔 앞에는
현판 위에 두 사람의 관계를 말해주는 글이 새겨져 있다고 합니다.
하나는 사르트르가 보부아르에게 보내는 편지에 적었다는 글입니다.

"앞으로도 바뀌지 않을 것이고 바뀔 수도 없는 것이 하나 있소.
무슨 일이 일어나더라도 내가 무엇이 되더라도 나는 당신과 함께 그렇게 될 것이오."

같이 적혀있는 보부아르의 글은 〈세월의 힘〉에 적었던 것으로 서로 다른 영혼을 가진 두 사람이 만나 소울메이트, 조화로운 영혼의 동반자가 되기까지 가장 필요한 것이 무엇인지 말해주고 있습니다.

"내가 '개별적인 사람이 하나가 된다.'라고 말한다면 그때 나는 거짓말을 하고 있는 것이다. 조화란 결코 주어지는 것이 아니다. 계속해서 쟁취되어야 하는 것이다."

끝끝내 노력을 해야한다는 뜻이겠죠.

끝으로 이탈리아 작은 도시 베르가모 이야기를 해야겠습니다.
저에게는 풍경만큼이나 사람이 아름다웠던 것으로 기억되는 곳입니다. 베르가모에서 한동안 머물렀던 집의 부부는 나누는 이야기가 많았습니다. 대화는 주로 식탁 앞에서 이루어졌습니다. 아침 식탁에서는 서로 오늘의 할 일을 이야기하고 점심 시간이면 남편은 집으로 돌아와 아내와 점심을 먹었습니다. 아침과 점심 사이 또 할 말이 생겨 두 사람은 서로의 이야기에 귀를 기울였습니다. 저녁 식사를 끝내고 난 뒤에는 커피와 와인을 마시며 밤이 깊도록 이야기가 끊어지지 않았죠.

대화의 시간이 긴 것보다 더 인상적인 건 대화의 내용이었어요. 두 사람은 정말이지 놀라울 정도로 솔직했습니다. 있는 그대로 말하고 오해 없이 받아 들였죠. "그랬군요, 그렇게 생각할 수도 있겠네요." 고개를 끄덕이며 웃었습니다. 생각이나 의견이 다르면 상처를 받는 부부도 많이 봤는데 어째서 다른 것인가. 곰곰이 들여다보니 믿기 때문인 것 같더군요. 끝까지 함께일 것을 믿고 사소한 차이로 관계가 깨지지 않을 것을 믿으니까 상대가 상반된 의견을 내놓아도 마음을 열고 느긋하게 받아 들일 수 있었던 겁니다. '반대를 하는 건 나를 이기기 위해서도 아니고 상처를 주기 위해서도 아니다. 그저 나를 믿고 솔직한 것 뿐이다.' 알고 또 믿으니까 웃을 수 있는 게 아닐까요.

함께 하는 식탁 앞에서 좋은 것이 더 좋은 것으로 이어지는 모습을 보았습니다. 믿으니까 열린 자세로 대화를 하게 되고, 편하고 즐거우니까 계속 이야기를 나누게 되고, 상대의 솔직한 모습을 아니까 더 믿을 수 있게 되는 일. 근사하더군요.

잊고 있던 근사한 단어를 다시 기억하게 된 것도 베르가모에서였습니다.
my better half.

서울에서 만난 적이 있었던 이탈리아인 커플에게 저녁 초대를 받았습니다. 서울에서 만났을 땐 연인이었는데 어느새 부부가 된 두 사람. 남자가 아내를 소개하며 말했습니다. "She is my better half."

책에서나 보고 노래에서나 듣던 말이었는데 현실에서 들으니 다른 울림이 있더군요. 머무는 동안 내내 생각했습니다. 상대를 나보다 더 나은 나의 반쪽이라 여기며 함께 산다는 건 어떤 일일까.

연인일 때보다 다정해보이더군요. 남자는 농담이 많고 여자는 웃음이 많던 부부였어요. 충분히 사랑하고 충분히 사랑받으며 같이 있던 풍경. 떠올릴 때마다 마음은 그대로 봄날입니다.

'소울메이트'에 대해 질문을 안고 떠났던 길이었습니다. 어떻게 해야 소울메이트를 찾을 수 있는가. 어떤 사람을 만나야 나의 영혼이 평화를 찾을 것인가. 어떤 사람이 오래가는 대상으로 마땅한가. 그러나 제법 길었던 여행을 끝내며 정말로 해야 할 것은 다른 질문임을 알았습니다. '만나진 사람을 어떻게 해야 더 잘 사랑할 수 있는가.'

어떤 사람은 작은 묘목을 받아서 큰 나무로 성장시킵니다. 나무를 키우면서 자신도 성장하고요. 반대로 잘 자란 나무를 받아서 시들게 만드는 사람도 있습니다. 만남이란 시작일 뿐, 우리가 원하는 것이 오래 가는 사랑이라면 더 중요한 것은 이후의 날들이겠죠.

어려운 가운데 한 사람을 만나 마음을 나누었다면 자주 질문해 볼 일이에요. '지금 잘 사랑하고 있는가. 나는 사랑을 잘 키워가는 사람인가.'

그리고 또 하나를 보태야겠습니다. '사랑하며 우리는 성장하고 있는가.'

오직 살아 있는 것들만 성장을 합니다.

성장은 그 사랑이 살아 있다는 생생한 증거가 됩니다.

긴 여행에서 돌아오는 길. 알 것 같았습니다.
소울메이트는 한순간 만나지는 것이 아니었습니다.
서서히 완성되어 가는 것이었습니다.

소울메이트는 인연의 처음이 아니라
인연의 마지막에 말해져야 하는 것인지도 모르겠습니다.
이제 '사랑을 오래가게 하는 힘은 무엇인가?'라는 질문은 잠들었습니다.
대신 이 문장 하나가 마음에 또박또박 적혔습니다.

'사랑이란 지성이다.'

지성으로 이해하고, 지성으로 교류하며, 지성으로 믿어야 오래 갈 수 있습니다.
함께 성장해야 함부로 시들지 않습니다.

더 좋은 반쪽을 만나야겠다는 바람은 더 좋은 반쪽이 되고 싶다는 소망으로 바뀌었습니다. 희망하게 되었어요. 나의 성장이 그의 성장을 이끌고 그의 성장이 또 나를 성장하게 하면서 서로에게 점점 더 잘 맞는 반쪽이 되어가는 일.

참 멀리까지 가서 알았습니다. 김환기 김향안 두 분 덕분에. 운이 좋은 사람만 가질 수 있는 것이 아니었습니다. 소울메이트는, 사랑하여 노력하는 사람에게 허락되는 것이었습니다.

사랑이란 함께 성장하는 일입니다.

우리들의 파리가 생각나요

지은이 정현주
펴낸이 한병화
펴낸곳 도서출판 예경
기획 유승준
편집 김지은 이태희
디자인 전지영, 마가림
사진 촬영 협조 이한구

초판 1쇄 인쇄 2015년 4월 30일
초판 8쇄 발행 2023년 9월 30일

출판 등록 1980년 1월 30일 (제300-1980-3호)
주소 경기도 고양시 덕양구 동송로 70 힐스테이트 103동 2804호
전화 02-396-3040~2
팩스 02-396-3044
전자우편 webmaster@yekyong.com
홈페이지 http://www.yekyong.com

ISBN 978-89-7084-528-9 (03810)

이 도서의 국립중앙도서관 출판예정도서목록(CIP)은 서지정보유통지원시스템 홈페이지(http://www.nl.go.kr/ecip)와 국가자료공동목록시스템(http://nl.go.kr/kolisnet)에서 이용하실 수 있습니다.(CIP제어번호:CIP 2015012572)